Diogenes Taschenbuch 24568

MARCO BALZANO, geboren 1978 in Mailand, ist zurzeit einer der erfolgreichsten italienischen Autoren. Er schreibt, seit er denken kann: Gedichte und Essays, Erzählungen und Romane. Neben dem Schreiben arbeitet er als Lehrer für Literatur an einem Mailänder Gymnasium. Mit seinem letzten Roman, *Das Leben wartet nicht,* gewann er den Premio Campiello, mit *Ich bleibe hier* war er nominiert für den Premio Strega. Er lebt mit seiner Familie in Mailand.

Marco Balzano

Damals, am Meer

ROMAN

Aus dem Italienischen von
Maja Pflug

Diogenes

Die Originalausgabe erschien 2010 bei Avagliano Editore, Rom,
unter dem Titel: ›Il figlio del figlio‹

This edition is published in agreement with
Piergiorgio Nicolazzini Literary Agency (PNLA)
Die deutsche Erstausgabe erschien 2011 im Verlag Antje Kunstmann
Covermotiv: Design by Geviert, Christian Ott,
unter der Verwendung einer Vorlage von Getty Images Bilder

Veröffentlicht als Diogenes Taschenbuch, 2021

www.diogenes.ch
20/22/36/2
ISBN 978 3 257 24568 4

Für Laura

Aber auch ich, was suchte ich anderes
als den gleichen Weg, den mein Vater
ins Dickicht einer anderen Fremdheit geschlagen hatte

Italo Calvino, *La strada di San Giovanni*

Es war kein leichtes Jahr gewesen. Nicht nur, weil es keine leichten Jahre gibt. Meine Familie konnte nicht verstehen, wieso diese Geschichte mit dem Studium gar nicht mehr aufhörte und einfach zu nichts führte. Es belastete meine Eltern, dass ihr Sohn immer weiter studierte, »ohne je ein Mann zu werden«. Logisch, denn »ein Mann zu werden« bedeutete ihrer Meinung nach, eine Arbeit zu haben. Und da Studieren keine Arbeit ist, stand fest, dass ich noch ein mehr oder weniger unbeschwerter Junge war. Kein Mann.

Davon waren meine Mutter und mein Vater felsenfest überzeugt. Viele Leute ihres Alters dachten so, und es gab nicht die geringste Chance, zu Hause Anteilnahme für meine Müdigkeit zu finden, die durchaus die eines Mannes war.

Auch dass ich gern studierte, half nichts. Die mit Lesen oder sogar Schreiben zu Hause verbrachte Zeit war der Beweis, dass ich mich in meinem Dasein als ewiger Student suhlte wie eine Ente im Teich, ohne das Bedürfnis nach Unabhängigkeit zu verspüren, das sie dagegen von frühester Jugend auf empfunden hatte.

»Ich habe mit vierzehn angefangen und dein Vater mit fünfzehn! Und wir sind alle beide ohne unsere Eltern nach Mailand gekommen!«, jammerte meine Mutter, so als wäre ich nicht nur für meine Verspätung verantwortlich, sondern auch für ihre Frühreife. Ich war sechsundzwanzig Jahre alt.

Großvater dagegen schien mich besser zu verstehen. »Als Dieb hättest du es schneller geschafft …«, spottete er, wenn ich ihm sagte, dass ich nun, da ich auch das Aufbaustudium abgeschlossen hatte, noch wer weiß wie lange brauchen würde, bis ich eine ordentliche Lehrerstelle bekam. »Einen festen Arbeitsplatz«, wie er sich ausdrückte. Während er diese Worte murmelte, war mir nämlich, als beschimpfte er nicht mich als Taugenichts, sondern ärgerte sich vielmehr über all die »Halunken, die dieses Teufelszeug von Diplom, Spezialisierung und Master erfunden haben, das bloß dazu gut ist, Familien zu ruinieren und dir die Lust am Arbeiten zu nehmen, bevor du überhaupt angefangen hast«.

In der Tat, die Angst, alles getan zu haben und dann zu entdecken, dass der Beruf gar nichts für mich war, wuchs ständig. Auch im Schlaf zeigte sie sich. Übrigens war sie berechtigt, ich hatte ja noch nie unterrichtet! Sich heute für diese Arbeit zu entscheiden bedeutet, sich allein auf eine jugendliche Intuition zu verlassen.

Wenn ich Großvater diese Dinge auseinandersetzte, lächelte er, wie gewöhnlich ohne seinen großen Körper eines Kriegers zu rühren, indem er nur leicht die Lippen öffnete und seine aquamarinblauen Augen zu Schlitzen verengte.

Zu der Zeit verbrachte ich ganze Nachmittage mit ihm, fast wie damals in der Kindheit, als jeden Tag, bis meine Mutter von der Arbeit kam, Großvater und Großmutter meine wahren Eltern waren. Großmutter Anna, stets bereit, mir die Nase zu putzen und mir mit der Hand durch die Locken zu fahren; und Großvater Leonardo, der mir noch immer, mit über achtzig, wie ein kraftvoller Riese vorkam, trotz seines vom Asthmahusten ermatteten Gesichts, der Falten, die wie geometrische Linien seine Stirn zerschnitten, der schmalen Lippen, die keine Worte verschwendeten. Sie zogen mir ein frisches Hemdchen an, wenn ich verschwitzt war, sie wachten darüber, dass ich meine Hausaufgaben machte und um vier Uhr eine Pause einlegte, um eine Kleinigkeit zu essen. Sie ließen mich den Schulranzen packen und aufräumen, zehn Minuten bevor meine Mutter kam.

In jenem heißen, windstillen Juni hatte ich wieder begonnen, bei Großvater vorbeizugehen, ehrlich gesagt, weil ich mich einsam fühlte. Nicht, dass es mir an Freunden mangelte, Freunde hatte ich von jeher, und es gab auch die zwei, drei, auf die ich ernsthaft zählen konnte, die von meinen Ängsten und Schwächen wussten, ohne sich darüber lustig zu machen.

Aber die Verwirrung jenes Sommers war neu. Diejenigen, die nicht studiert hatten, arbeiteten schon seit Jahren, waren verlobt und dachten an Schritte, die ich mir nicht einmal vorstellen konnte. Von meinen Studienkollegen war ich der Schnellste gewesen, hatte sie in den Innenhöfen und Bibliotheken zurückgelassen, wo sie die Nachmittage weiter mit Reden, Rauchen und Lesen verbrachten. Mir dagegen war die Welt der Universität schlagartig fremd geworden, vielleicht, weil diese Müdigkeit eines Mannes herausgekommen war, die meine Eltern nicht anerkennen wollten, oder einfach, weil es normal war, dass man diese Orte mit ihrer abgestandenen Luft schließlich satthat.

Dann kamen die ersten Vertretungen. Das verlegene Betreten der Klasse in Hemd und Jackett, um, wie ich hoffte, dadurch mehr Autorität auszustrahlen, das Konfrontiertsein mit Schülern, die häufig größer und stärker waren als ich, das Licht, das durch die Vorhänge auf ihren Gesichtern zerfranste, die schon so anders waren als meines. Doch über das alles konnte ich nicht reden. Also schwieg ich, überzeugt, dass die anderen mich nicht verstehen würden. Ich war auf niemanden böse, wollte aber lieber allein sein, nur abends den einen oder anderen treffen, um ein Bier zu trinken und bis spät zu quatschen und über Politik zu diskutieren.

Am Nachmittag stand Großvater am Fenster und sah mich kommen. Ich ließ den Fahrradlenker los, um ihm mit beiden Armen zu winken, und sah, wie er zur Antwort den Kopf hob und ein Lächeln andeutete. Zur Tür brauchte er genauso lange wie ich zum Fahrradabschließen, daher war Klingeln unten nicht nötig.

»Hast du dein Nickerchen gemacht, Opa?«

»Nur kurz, weil es zu heiß war.«

»Machen wir einen Ausflug?«

»Weit oder nah?«

»Heute weit, wenn du magst.«

Nah bedeutet einen kleinen Ausflug bis zu dem Maisfeld, das immer noch hinter dem Haus der Großeltern liegt. Es bedeutet, eine gerade, wenig befahrene Straße entlangzuradeln, dann die ganze Via Andrea Costa, und nach der Esso-Tankstelle abzubiegen in eine Reihe gewundener Sträßchen, die nach Musikern benannt waren. Am Feld ließen wir, ich und der Rattenschwanz von Cousins, mit denen ich aufgewachsen bin, vor zwanzig Jahren die Räder fallen und warteten, bis Großvater mit dem Eis kam. Wir vesperten alle gemeinsam, vor der ersten Reihe Maishalme sitzend, die einen großen, fächerförmigen Schatten warf. Nachdem er seine Drillichhose hochgezogen hatte, setzte sich der Großvater zu uns auf die Erde ins Kühle. Während wir aßen, erzählte er uns eine Geschichte oder fragte uns der Reihe nach, wie es in der Schule gelaufen war, und manchmal wollte er auch, dass wir ihm ein Gedicht aufsagten, denn Gedichte liebte er, besonders gereimte.

Um den Großvater zu unterhalten, lernte ich von der Grundschule an Unmengen davon. Mir war, als würde ich sein Komplizentum und seinen Schutz als Krieger noch mehr verdienen, wenn ich ihm diese Verse rezitierte, deren Sinn er vielleicht gar nicht verstand, hingerissen, wie er war, von den Wörtern, die zu Musik wurden.

Für uns war es allerdings spannender, wenn er erzählte. Wenn er mit leiser Stimme davon sprach, wie er im Krieg war, wo man sich mit dreckigem Wasser wusch und die faulen Zähne mit dem Messer herausgerissen wurden; wo es manchmal zwei Tage lang nichts zu essen gab und man kilometerweit durch den Wald lief, den verletzten Gefährten auf der Schulter wie einen Kartoffelsack.

Damals kamen mir diese Geschichten vor wie

die Taten eines Champions. Jede trug zur Mythisierung meines Helden bei. Später interessierten sie mich dann aus ganz anderen Gründen, aber der Genuss, Großvater in dieser Mischung aus apulischem, wortwörtlich ins Hochitalienische übersetzten Dialekt reden zu hören, blieb derselbe. Italienisch war für ihn eine Sprache, die morgens zusammen mit den Enkeln ins Haus kam und es abends mit ihnen verließ.

Zum Maisfeld strampelt man hin und zurück drei Kilometer. Das ist ein naher Ausflug.

Ein weiter Ausflug dagegen ist etwas ganz anderes, für uns Kleine war es ein echtes Ereignis. Vor allem unternahm der Großvater den weiten Ausflug immer nur mit einem Enkel und auf einem Fahrrad, seinem, das ihm die Arbeitskollegen aus der Montecatini-Fabrik geschenkt hatten, als er in Rente gegangen war, schon mit dem Kindersitz hinten drauf, da sie wussten, dass er sich ganz dem Nachwuchs widmen würde.

Fünf oder sechs Mal durfte ich den weiten Ausflug mit ihm machen, und immer kamen wir an Orte, die mich außerordentlich beeindruckten und an denen ich Jahre später zerstreut vorbeilief, fast ohne mich zu erinnern. Die Brera-Akademie, das Stadion von San Siro und die Pferderennbahn, das Castello Sforzesco, der Friedensbogen …

Ich saß auf dem Kindersitz und umklammerte den Großvater, der ab und zu die Hand nach hinten streckte und mir zweimal auf den Schenkel klopfte: »Geht's gut?«, fragte er dann, was heißen sollte: »Sitzt du bequem?« Wir radelten schweigend, lauschten auf den Wind und betrachteten die Autos, die uns überholten. Achten musste man nur auf die Kommandos des Fahrers: »Halt den Winker raus«, oder »Lehn dich ein bisschen rüber«, damit ich ihn mit dem Körper unterstützte, wenn er in die Kurve ging.

Sobald wir irgendwo angekommen waren, erfasste mich ein Gefühl, weit weg zu sein von zu Hause, das ich beim Fahren nicht spürte, beschützt, wie ich war, vom Rücken des Großvaters, der die Welt verdeckte. Die Idee, wir würden es nicht schaffen, rechtzeitig zurück zu sein, bevor Mama kam, gefiel mir irrsinnig gut – bestimmt würde sie sich um mich sorgen bei der Vorstellung, dass ich weit weg war an einem Ort, den sie nicht kannte. Dann würde mein Vater mich um die Abendessenszeit mit dem Auto abholen, und niemand würde mich ausschimpfen, da ich mit dem Großvater unterwegs gewesen war.

An einem weit entfernten Ziel angekommen, gewann ich eine Bedeutung, die ich unterwegs nicht hatte. Ich wurde für Großvater zum Führer, denn beim Spazierengehen las ich ihm jedes Ladenschild, jedes Werbeplakat vor.

Großvater Leonardo war nämlich Analphabet. Doch auch dies schien mir in der Kindheit nur ein Grund zum Scherzen zu sein, und jeder Gedanke an sein Leben und den Unterschied zwischen seiner und meiner Geschichte lag mir fern, obwohl es von Entbehrungen und Opfern gekennzeichnet war, die schon meinem Vater fremd waren.

Erst später begriff ich, welchen Schmerz er empfinden musste, weil er die Zeichen nicht deuten konnte, von denen es in der Stadt wimmelte. Jetzt schäme ich mich bei der Erinnerung, dass wir ihm unsere Schulhefte unter die Nase hielten und er so tat, als würde er sie kontrollieren; doch wenn ein Kind den Blick eines alten Mannes durchdringen könnte, hätte es die Verwirrung auf seinem Gesicht bemerkt, rund um die aquamarinblauen Augen, die sich zusammenzogen vor Anstrengung, etwas zu entziffern.

Dieser Schmerz – der einzige, der Verlegenheit und Scham bei ihm weckte – blieb mir verborgen, bis Großmutter Anna eines Tages, als Großvater sein Nickerchen hielt (so nannten die beiden die Siesta nach dem Mittagessen, und wir Enkel lernten, uns auch so auszudrücken), erzählte, dass auch sie erst spät entdeckt hatte, dass ihr Mann Analphabet war. Die ganze Verlobungszeit hindurch gelang es dem Großvater, sie zu täuschen, indem er in überlegenem Ton sagte, er sei bis zur dritten Klasse zur Schule gegangen, was hieß, dass er nicht nur lesen und schreiben, sondern auch gut rechnen konnte. Nicht übel für einen Bauernjungen, der in frühen Jahren den Vater verloren hatte. Sechster von acht Kindern.

Sehr geschickt gelang es Großvater Leonardo ein Jahr lang, alle – im Grunde ohnehin seltenen – Gelegenheiten zum Lesen zu vermeiden, die sich ergaben, wenn er nach der Arbeit kurz bei seiner Verlobten vorbeischaute. Bei Großmutter zu Hause gab es ab und zu eine Zeitung, ein Blättchen, das aus irgendeinem Laden stammte und die wesentlichen Tagesereignisse zusammenfasste. Eine Nachbarin legte es ihr am frühen Nachmittag aufs Fensterbrett zwischen die Basilikumtöpfe, und Großmutter Anna brachte es gegen Abend einer anderen Nachbarin, einer Bäuerin, die das Papier eher brauchte, um das Obst einzuwickeln, das sie verkaufte, als um sich zu informieren. Wenn Großmutter darin blätterte, weil sie etwas kommentieren wollte, nickte Großvater wie ein Alleswisser und erwiderte, er habe schon Zeitung gelesen, und zwar genau dieses Blättchen, das ein Arbeitskollege von ihm jeden Morgen bei seinem Bruder, dem Zeitungshändler, abholte. So gelangte Großmutter Anna zu der Auffassung, dass ihr zukünftiger Mann auch ein aufmerksamer, gewissenhafter Leser sei.

An diesem Punkt blieb nur ein Zweifel. Aber aus Angst, ihn zu beleidigen, fand sie nie den Mut, ihm den Federhalter in die Hand zu drücken. Sie wartete bis zum Hochzeitstag. Doch hier zog sich der Großvater, wenn überhaupt möglich, noch glänzender aus der Affäre.

Als der Pfarrer ihn aufforderte, im Register zu unterschreiben, verzierte er seinen Namen sogar noch mit schwungvollen Schnörkeln.

Mit dem Geständnis wartete er bis zur Hochzeitsreise, die damals, wenn man nicht reich war, darin bestand, ein paar Tage auf Besuch zu Verwandten zu fahren. In dem leeren Zugwaggon, der sie nach Neapel brachte, erklärte er ihr, auf Hochitalienisch, einer seiner Finger sei immer noch leicht taub, weil er die letzten Abende mit einem gewissen Saverio – dem Sohn eines Bauern, der mit ihm arbeitete – verbracht habe, um diese verdammte Unterschrift zu lernen, die ihn außer einer beginnenden Arthritis viel Übungszeit und nicht wenige, aber in der Beichte vor der Trauung sogleich gesühnte Flüche gekostet habe.

»Was soll das heißen?«, fragte Großmutter, die immer noch nicht verstand.

»Dass du einen verlogenen Analphabeten genommen hast«, antwortete Großvater, indem er ihre Hand ergriff.

Zuerst verschlug es ihr die Sprache. Dann: »Aber wieso hast du das getan, Leó?«

»Aus Liebe, aber noch mehr aus Angst«, erwiderte Großvater schüchtern. »Du hast sogar die fünfte Klasse Volksschule, womöglich hättest du einen Gebildeteren gewollt ...« Noch immer hielt er ihre Hand.

Er war ein hartnäckiger Mann, auch wenn es darum ging, seine schäbigsten Fehler zu verstecken. Im Grunde schämte er sich für bestimmte Momente seiner Geschichte, sie roch nach Armut wie alle Geschichten der Bauernburschen, die manchmal sogar gezwungen sind, in die Städte abzuwandern. Die Einzigen, die ihn seiner Meinung nach wirklich verstehen konnten, waren seine Freunde. Sie hatten das gleiche Elend kennengelernt wie er und besaßen die außergewöhnliche Gabe, die manchmal unwissenden Menschen eignet, nicht gereizt zu reagieren auf solche, die unter ihnen stehen. Großvater Leonardos Sinn für Freundschaft war sehr ausgeprägt. Er dachte, dass nur Männer, die auf dem Feld gearbeitet oder sich auf See ihren Lebensunterhalt verdient hatten, ihn ganz verstünden. Die, mit denen man sich in Worten und mit Fäusten messen konnte, ohne sich je zu verstellen. Einige waren so wichtig gewesen, dass er sie in Barletta, der Stadt am Meer, wo er geboren war und vierzig Jahre gelebt hatte, zusammen mit jenem Teil von sich zurückließ, der sich bei vielen Männern nur mit den Arbeitskollegen und den Jugendfreunden zeigt. Keiner, der ihm hier begegnet ist, konnte wohl je wieder das humorvolle Vertrauen in ihm wecken, das wahre Freundschaft kennzeichnet und das dann auf die ganze übrige Zeit des Lebens ausstrahlt. Hier in Mailand hat er keine Freunde mehr gehabt, jedenfalls nicht solche, wie er sie verstand, mit denen man sich im Alter jeden Abend zum Kartenspielen auf der Piazza oder in der Parteisektion trifft. Mit den Kollegen von der Fabrik war es anders gewesen. Und mit der Rente hatte sich dann jeder in seine eigene Altersträgheit zurückgezogen.

So beschlossen wir, einen weiten Ausflug zu machen. Und da ich nun nicht mehr der kleine Nicolino, sondern der Lehrer Nicola Russo war, durfte jeder mit seinem eigenen Rad fahren.

An jenem Tag radelten wir länger als gewöhnlich, still und langsam, auf lauter Wegen, die nur ein paar Dorfsträßchen zu verbinden schienen. Ab und zu forderte Großvater Leonardo mich auf, dahin zu schauen, wohin er mit dem Finger deutete. Er zeigte auf die Gemüsegärten am Straßenrand und erzählte, dass dieser oder jener Herr ihm seit Jahren große Salatköpfe schenkte.

Seit seiner Ankunft in Mailand, wo er vom Bauern zum Facharbeiter hatte umsatteln müssen, hatte er sich trotzdem immer Bekanntschaften gesucht, die ihm das Land in Erinnerung riefen.

»Wie machst du es, dass du die alle kennst?«, fragte ich.

»Ich helfe ihnen.«

»Wie denn?«

»Während sie in ihrem Garten arbeiten, stelle ich mich mit dem Rad an den Zaun, mache ein paar Komplimente, gebe gute Ratschläge … und sie bitten mich rein. Wenige sind in der Lage, die Pflanzen so zu ziehen, wie es sich gehört. Siehst du den da? Dem hab ich alle Zucchini neu gepflanzt. Manche wissen nicht mal, wie man die Hacke hält, diese Esel«, sagte er zufrieden, indem er auf irgendeinen Punkt deutete.

»Du schleimst dich also ein.«

»Was soll das heißen?«

»Dass du einen genauen Plan hast, um da hinzukommen, wo du willst.«

»O ja!«, rief er lachend. »Es ist schön, ein Grundstück zu haben, das vertreibt dir die Zeit.

Außerdem ist es hier nicht wie bei uns im Süden, hier hat man kein Problem mit dem Wasser.«

Wieder traten wir schweigend in die Pedale, was den Atem des radelnden Großvaters allmählich schwächte, und näherten uns den Navigli, den Kanälen von Mailand, die in der Nachmittagssonne vor uns aufgetaucht waren.

Der Naviglio Grande lag rechts von uns. Läden mit Secondhand-Kleidern, mit Gitarren, Stände mit Ethnokram und modische Lokale zogen an uns vorbei. Wer weiß, welchen Eindruck sie auf den Großvater machten, der keine Miene verzog, ganz darauf konzentriert, die Atemnot nicht überhandnehmen zu lassen.

»Schließen wir die Fahrräder hier an?«, fragte er, am Kanal anhaltend.

Er lehnte meines an seines und kettete die beiden Räder an dem rostigen Geländer an. Wir gingen am Wasser entlang. Mit gerunzelter Stirn sah der Großvater sich um, ein Zeichen, dass etwas unklar war.

»Warum sind wir ausgerechnet hierher gekommen?«, fragte ich ihn. »Gefallen dir die Navigli?«

»Eigentlich, weil ich weiß, dass sie dir gefallen.«

»Mir? Und woher weißt du das?«

»Du erzählst immer, dass ihr abends hierher kommt und erst um vier oder um fünf Uhr früh heimgeht. Da habe ich mir gesagt, muss doch wunderschön sein, dieser Kanal!«

»Ja und, gefällt's dir?«

»Ich hatte die Navigli schon vor Jahren mit Onkel Mauro gesehen.«

Wir wanderten weiter bis zum Treppchen der kleinen Brücke, die den Kanal überquert. Oben blieben wir stehen, an das gelbe Geländer gelehnt.

»Wie dreckig es ist«, sagte Großvater immer wieder, während er aufs Wasser blickte.

»Demnächst muss ich mit deinem Vater nach Barletta fahren«, sagte er leise.

»Mit Papa? Nach Barletta?!«, fragte ich verblüfft. »Und was macht ihr da?«

»Die Wohnung am Meer muss verkauft werden. Kein Schwein interessiert sich mehr dafür. Weder die Kinder noch die Enkel.«

Das Problem unserer Wohnung in Barletta, wo die Familie meines Vaters gelebt hatte, bevor sie nach Mailand auswanderte, hatte sich durch die ganze Geschichte der Russos hingezogen und war bis zu mir und den jüngsten Cousins durchgedrungen. Es verging kein Weihnachten, kein Ostern, an dem nicht schließlich am »Erwachsenentisch« darüber diskutiert wurde, zuerst ganz gesittet, dann mit Geschrei und Tränen. Nur Großvater und mein Vater hatten resigniert und wollten sie verkaufen, weil ja doch niemand mehr hinfuhr. Weil sie weit weg und unbequem war. Die anderen Kinder und Großmutter dagegen wollten sie unbedingt behalten, wie die alten Puppen und den abgelegten Schmuck, die in Taschen zuunterst im Schrank herumliegen.

Als ich klein war, erinnere ich mich, fuhr ich mit meiner Mutter und meinem Vater hin und traf noch Großvater und Großmutter an, die im Juni mit einem Teil der Enkelschar ans Meer zogen. Zur Zeit der Mittelschule verbrachte ich mit meinem Cousin Giovanni drei Sommer hintereinander dort.

Im Lauf der Jahre wurde dann die lange Reise beschwerlich, die hohe Steintreppe, die selbst einen Jungen außer Atem brachte, man konnte sich vorstellen, wie es den beiden Alten damit ging, er Asthmatiker und sie über zwei Zentner schwer.

Ohne die Großeltern begannen alle, ihren Urlaub anderswo zu planen, und in der Wohnung blieben jahrelang die Fensterläden geschlossen. Wer doch einmal hinfuhr, berichtete von Wespennestern an den Gesimsen der Balkone, Leitungen, aus denen einfach kein Wasser fließen wollte, und Dutzenden von Tauben, die auf der Terrasse hockten. Alle wussten wir, dass in der verlassenen Wohnung jedes Jahr mehr Putz von der Decke fiel und sich immer breitere Risse auftaten.

Als das Problem sich verschärfte, zögerten alle vier Geschwister die Sache übel hinaus, jeder behauptete, im nächsten Sommer werde er persönlich hinfahren und alles regeln. »Kein Grund zur Sorge«, »die Wohnung hält das aus«, »sie hat schon ganz anderes überstanden ...«, sagten sie. Tatsächlich machte sich niemand mehr die Mühe, die Zimmer zu lüften oder, noch schlimmer, den Sommer mit Putzen zu verbringen und Geld für Maurer und Klempner auszugeben, ohne überhaupt zu wissen, ob die anderen ihm hinterher ihren Anteil erstatten würden.

Wenn einer der vier nach Barletta kam, ging er zu anderen Verwandten und betrat sie gar nicht mehr. Onkel Mimmo und mein Vater warfen beim letzten Mal von der Straße aus einen Blick darauf; an die bröckelnde Mauer gegenüber gelehnt, von wo aus man die Balkone gut sieht, rauchten sie eine Zigarette und gingen dann weiter. Großmutter erzählten sie, der Wohnung gehe es gut, ja doch, irgendwie.

Großvater sagte im Dialekt, er habe jetzt die Schnauze voll. Für ihn war diese Verwahrlosung ein Spiegel des Verfalls der Familie. Und er hatte recht.

Der Letzte, der dort war, war ich. Nur so einer mit dem Kopf in den Wolken konnte noch beschließen, seine Ferien dort zu verbringen. Meine Eltern waren dagegen. Großvater ebenso, aber weniger strikt, weil seiner Meinung nach jeder über zwanzig für sich selbst entscheidet. Großmutter hingegen stimmte begeistert zu; mehr aufgrund ihrer eigenen Illusion als wegen der Berichte ihrer Söhne glaubte sie wirklich, die Wohnung sei wie eine dieser Blumen am Bahndamm, die weiter duften, auch wenn sich niemand um sie kümmert.

Es war ein grober Fehler. Vor allem, weil ich mit einer Freundin von der Uni hinfuhr, mit der ich damals angebändelt hatte. Sie hatte mir ihr Haus auf den Hügeln bei Modena gezeigt, ein wunderbar gepflegter Bauernhof, wo einzig die Ställe verwahrlost waren, die die Familie gerade umbaute, um sie in Gästezimmer zu verwandeln. Zum Dank nötigte ich sie zu einer infernalischen Reise im Nachtexpress, der selbst in Rogoredo und Cerignola Campagna anhielt, außerdem an sämtlichen auf der Strecke liegenden Ampeln. Und im Morgengrauen öffnete ich ihr die Tür zu einer Wohnung, in der Putz auf dem Boden lag, kein Tropfen Wasser aus den Hähnen kam und von den blinden Spiegeln der Staub aufwirbelte … An den Kacheln in der Küche fand ich die Aufkleber mit Mickymaus und Tom und Jerry, die wir als Kinder dort hingepappt hatten. Halb abgelöst, brachten sie nicht die Kraft auf herunterzufallen.

Ich schaffte es nicht, ihr zu sagen, dass meine Kindheit ganz anders war, dass sie nicht nach Muff und schimmligem Holz roch. Dass hinter diesen Fensterläden, wenn man Geduld hatte, Wind vom Meer heraufkommen würde, ganz unvorstellbar frisch. Doch von ihr zu verlangen, die jahrelange Vernachlässigung abzukratzen, war zu viel. Auch für mich.

So begannen und endeten unsere Tage in einem kleinen Strandhotel, wie es viele gibt, und die Wohnung meiner Kindheit konnte sie nicht kennenlernen. Und ich würde sie nicht wiedersehen.

Meine einzige Rache bestand darin, daheim alles haarklein zu erzählen, ohne jede Rücksicht auf die Herzkrankheit der Großmutter. »Wir müssen sie verkaufen«, brüllte ich, »oder Zigtausende hineinstecken! Wir können nicht unseren Namen an dieser Bruchbude stehen lassen und zum Gespött des Viertels werden!« Doch auch dieser Wutausbruch verrauchte wie alle anderen, ohne dass etwas geschah.

Dagegen erfuhr ich jetzt, dass Großvater, da er nicht auf den gesunden Menschenverstand seiner Kinder zählen konnte, alles allein entschieden hatte: Er hatte mit der Faust auf den Tisch gehauen, um sich gegen das Geschrei und das hemmungslose Weinen seiner Frau durchzusetzen, die sich ohne den Gedanken an diese Wohnung wie ein Flüchtling vorkam. »Wenn es hier bergab geht, wenn sie uns unserem Schicksal überlassen, dann wissen wir wenigstens, wo wir hin sollen. Die Wohnung ist da, sie gehört uns!«, kreischte sie tränenüberströmt im Dialekt.

Für sie war das die erholsamste Vorstellung der Welt. An den Tagen, in denen sie müde war, bedrückt vom Lärmen der Enkel und den Beschwerden, an denen sie litt, leuchteten ihre Augen wieder, wenn sie davon sprach. Ihr Gesicht entspannte sich, die tiefen Falten wurden glatter: schön, sauber, die Balkone voller Wind vom Meer, der Tisch gedeckt mit dem Geschirr aus der Vitrine des Küchenbuffets! Natürlich konnte man ihr nicht erklären, dass diese Vorstellung, wenn die Wohnung verkauft wurde, für ihre Fantasiereisen unversehrt blieb. Sie wollte alles so belassen. Unbedingt.

Nie hat man erfahren, welche Worte Großvater gefunden hat, um sie schlagartig zum Schweigen zu bringen und jede Widerrede seiner Söhne im Keim zu ersticken.

»Und wann fahrt ihr?«, fragte ich ihn, während er einen Stand mit Hüten und Gürteln betrachtete.

»Dein Vater muss Ende nächster Woche beruflich nach Potenza, um irgendwelche Papiere zu unterschreiben. Wir fahren einige Tage früher los und regeln alles. Wir gehen zum Makler und schreiben sie zum Verkauf aus, Schluss, Ende.« Er griff nach einem Hut und setzte ihn sich auf den kahlen Hinterkopf.

»Bedauerst du es, Opa?«

»Es ist, wie es ist. Man kann nicht mit dem Gedanken leben, dass den Leuten die Wände auf den Kopf fallen.«

»Na ja, wenigstens kommst du so ein paar Tage lang runter. Das wird schön für dich.«

»Was redest du da?! Wenn man fährt, weil es Probleme gibt, ist es nie schön. Du willst es nur hinter dich bringen und wieder nach Hause, ohne irgendwem irgendwas erklären zu müssen.«

Wir waren bei unseren Rädern angelangt. Sattel und Lenker glühten.

»Bedauerst du es?«

»Zu Hause ist man da, wo die Menschen wohnen, mit denen man sein Leben verbracht hat, und jetzt ist das hier.« Er kehrte mir den Rücken zu und stieg aufs Rad. »Selbstverständlich ist es besser, wenn du dein Leben da verbringen kannst, wo du geboren und aufgewachsen bist … Wenn du nicht weggehen musst.«

Ich hätte ihm gerne gesagt, dass ich nicht so dachte. Stattdessen fragte ich nur: »Sollen wir heimradeln?«

»Ja, es ist Zeit«, antwortete er, schon in die Pedale tretend.

Die Rückfahrt ging langsam. Gleißendes Licht knallte auf die Autos herunter, sodass man die Augen zusammenkneifen musste. Wieder kurvten wir durch enge Straßen, die nirgendwohin zu führen schienen. Ich sah die Sonne verschwinden, und plötzlich schien sie mir aus einer beliebigen Straße wieder voll ins Gesicht. Großvater hatte sich den kaffeebraunen Hut, den er an dem Stand gekauft hatte, tief in die Stirn gezogen.

Wir schwiegen die ganze Zeit. Erst am Maisfeld, als wir in die Via Andrea Costa einbogen, fragte ich ihn: »Opa, und wenn ich mitkomme?«

Er radelte weiter, bis die Kurve vorbei war, dann verzog er die Lippen. »Wieso fragst du mich? Ich bin nicht dein Vater.«

Vor seinem Haus verabschiedeten wir uns, ohne anzuhalten, er hob den Arm und sagte: »Benimm dich«, was für ihn hieß: »Fahr nicht unvorsichtig.«

Nach der nächsten Ecke zündete ich mir eine Zigarette an, trat in die Pedale und dachte den ganzen Rückweg an die Wohnung am Meer.

Wenn ich die weite Radtour machen durfte, holte mich mein Vater gegen halb acht ab. Ohne anzuklopfen kam er bei den Großeltern herein, groß und schlaksig, das kurzärmelige T-Shirt oder Hemd über den Jeans. Plötzlich stand er in der Tür, mit schwarzen Haaren bis über die Ohren, die Stirne frei, der seines Vaters so ähnlich.

Großvater Leonardo und ich erwarteten ihn auf dem Sofa, Großvater betrachtete die Strohgarben jenseits der Straße, ich lag mit dem Kopf auf seinen Beinen und blätterte aufmerksam in einem Bilderbuch. Manchmal hatte ich die Bücher satt, und mit der Ausrede, ihm ein Geheimnis ins Ohr flüstern zu wollen, begann ich mit einem Ruck, ihm die Haare zu zerzausen. »Du Halunke!«, schrie er und kniff mich fest in die Schenkel, während ihm im Dialekt ein Fluch herausrutschte, in dem sich Heilige und Enkel mischten. Wenige Sekunden nach dem ersten Gepolter stürmte die Großmutter vom Balkon herbei, wo sie um diese Zeit die Wäsche aufhängte und die Geranien goss. Sie ließ eine Reihe von Beschimpfungen auf ihn los, und wenn sie die Schürze wieder umband, um noch einmal hinauszugehen, blieb Opa noch mit verstrubbelten Haaren sitzen, die Hände auf den Hüften, das Gesicht untröstlich.

So fand Papa uns vor. Er nannte seinen Vater »Babbo«, genau wie seine Geschwister. Alle zwei Sätze sagten sie Babbo, Babbo, Babbo, ein Wort, das mir absolut unpassend vorkam für einen wie Großvater Leonardo.

Während des Gesprächs der beiden mischte sich aus dem Off ständig die Stimme der Großmutter ein, die aus der Küche alles korrigierte, was ihr Mann sagte. Diese Zwischenrufe beendeten die Konversation rasch. Der eine war es leid, dass ihm dauernd widersprochen wurde, der andere, dass er unterbrochen wurde, und ich, dass ich mittendrin war und keine Aufmerksamkeit bekam. So hörte mein Vater auf, immerzu »Babbo« zu sagen, und ich holte unter dem Tisch meinen Schulranzen; Großmutter küsste mich auf den Mund; ich zerzauste »Babbo« ein letztes Mal und ließ ihn auf dem Sofa sitzen, wie er sich mit den Händen die Hose abklopfte und die Enkel verwünschte, »alles Kinder von einer Riesenhure«.

Bei der Heimfahrt im cremefarbenen Renault 5 durfte ich vorne sitzen. Autofahren gefiel mir, es war immer wie ein weiter Ausflug, aber auch schnell.

Mein Vater war wirklich noch ein Junge, und trotzdem war er in meinem Alter wahrhaftig mehr Mann als ich, schon damit beschäftigt, seinen kleinen Sohn einzusammeln, und ungeduldig, zu seiner Frau zurückzukehren.

Meine Mutter kam mir damals sehr schön vor, wie ein junges Mädchen mit großen roten Locken bis auf die Schultern, milchiger Haut und ausdrucksvollen Augen, wie die mancher Studentinnen, die einem an der Uni über den Weg laufen. Sie war noch so jung, dass sie mir im Supermarkt half, mit dem Nagelknipser die Punkte von den Keksschachteln zu klauen, um den Basketball samt Plastikkorb zu gewinnen.

Als ich sieben Jahre alt war, war mein Vater Riccardo achtundzwanzig, und mir ist schon aus der Erinnerung klar, dass Großvater Leonardo ihn in diesem Alter als Mann betrachtete. Doch Babbos diskrete und zuverlässige Art, über die anderen zu wachen, ist meinem Vater gänzlich unbekannt. Er wollte mich immer in allem kontrollieren. Mein Leben als Grundschüler, auf der Mittelschule und später im Gymnasium, ja er mischte sich sogar in die Prüfungen an der Uni ein, von denen er, der bloß Abitur hatte, sowieso nichts verstand. Diese Art hat jahrelang unsere Beziehung vergiftet, und noch jetzt raste ich bei der geringsten Meinungsverschiedenheit aus, und er zieht sich in unerträgliches Schweigen zurück.

Kurz und gut, einer wie ich gewinnt, wenn er größer wird, weder Vertrauen noch Freiheit. Vielleicht werde ich alles an einem Tag erreichen, sagte ich mir, wenn ich zu Hause ausziehe und eine »feste« Arbeit habe.

Inzwischen hatte sich alles geändert. Wenn ich mit dem Großvater den weiten Ausflug machte, fuhr ich mit meinem eigenen Fahrrad, rauchte auf der Via Cimarosa, und mein Vater dachte nicht mehr daran, mich einzusammeln, wenn ich nicht mit Mama zusammen heimkam. Er fragte sich nicht einmal, wo ich wohl war. Denn er war sicher, wenn sein Sohn nicht in der Bibliothek saß und so tat, als würde er studieren, lungerte er bestimmt in einer Bar beim Aperitif herum und verschleuderte sein Geld.

Aber es war nicht nur das. Bei Tisch saß ich nicht mehr zwischen Mama und Papa, sondern neben meiner Schwester Laura. Den beiden gegenüber. Die Kinder auf der einen Seite, die Eltern auf der anderen. Bereit zum Frontalzusammenstoß.

Bei Tisch wurde jetzt wenig gesprochen. Hauptsächlich über die Neuigkeiten in den Fernsehnachrichten. Papa trug sein T-Shirt nicht mehr über den

Jeans, er zog überhaupt keine Jeans mehr an, sondern nur beigefarbene Hosen und Rautenpullover mit V-Ausschnitt. Die Ohren waren frei, die Haare lichter. Meine Mutter schnaufte ständig, ihre Haut war noch hell, aber den lebhaften Blick sah man nicht mehr. Ich weiß nicht, ob er am Ende der Jugend erloschen ist oder mit den Ernüchterungen, die die Zeit mit sich bringt.

Schweigen breitete sich aus. Ein vorsichtiges Schweigen, das den Zweifel weckte, dass wir keinen gemeinsamen Traum mehr hatten und uns im Grunde wenig kannten. Fast gar nicht. Die Zuneigung, die uns in jener unendlich langen Kindheit und frühen Jugend zusammenhielt, empfand ich jetzt nicht mehr.

Und wir trafen uns auch nicht mehr auf dem Sofa am Fenster, Großvater, Papa und ich. Jeder hatte unterschiedliche Räume und Zeiten, die er den anderen widmete. Meine Eltern besuchten die Großeltern sonntags nach dem Mittagessen, während ich die freie Wohnung genießen und für ein paar Stunden eine Freundin einladen konnte. Ich ging unter der Woche morgens vorbei, oder häufiger am Nachmittag nach Großvaters Nickerchen. Wir gaben acht, uns nicht zu überschneiden, um ab und zu etwas Luft holen zu können in den immer enger werdenden Räumen.

Und doch wäre es ein wichtiges Bild gewesen: drei Männer in einer Reihe, wie sie die Zeit wieder zusammenfügen. Wenn ich ein Foto davon hätte, würde mein Sohn es vielleicht eines Tages so beschreiben: Der links hieß Leonardo. Er war noch Analphabet. Er ist an Asthma gestorben. Hier siehst du ihn im Sitzen, aber wenn er stand, war er fast eins neunzig groß. Er war Bauer, besaß aber kein eigenes Stück Land, obwohl das sein sehnlichster Wunsch war. Er hat den Zweiten Weltkrieg in Sardinien mitgemacht, hat als Kommunist im Faschismus einiges abgekriegt und mehrere Wochen im Gefängnis gesessen, weil er nie der faschistischen Partei beigetreten ist. Das Wirtschaftswunder hat ihn zusammen mit seinen Söhnen nach Mailand verschlagen. Vom Bauern, der Pfirsiche und Oliven züchtete, ist er zum Arbeiter im Bovisa-Viertel geworden. Neben ihm sitzt Riccardo, sein Sohn. Der ist auch in Barletta geboren, wo er bis fünfzehn gelebt hat. Er ist nach Mailand gekommen, ohne die Oberschule beendet zu haben. Hat auf der Abendschule Abitur gemacht, hat geheiratet und ist gleich Vater geworden. Mit zwanzig. Es heißt, dass er sehr schweigsam war. Er gehörte der Nachkriegsgeneration an. Anscheinend fühlte er sich wohl in Mailand und hatte keine Lust mehr, nach Hause zurückzukehren, obwohl Barletta doch am Meer liegt. Er war Chemotechniker. Der

Letzte, dieser hier, ist der Sohn des Sohnes, Nicola. Der Erste, der im Krankenhaus zur Welt kam. Der studiert hat. Kein verstädterter Bauer mehr, sondern ein Stadtlehrer. Ein Mailänder wie wir.

Als ich heimkam, saßen alle schon bei Tisch. Mein Teller war zugedeckt. Ich setzte mich neben Laura und erzählte, dass ich den Nachmittag mit Großvater verbracht hatte. Doch das Gesicht meines Vaters verriet keine Regung. Nichts. Er wickelte die Spaghetti um die Gabel und redete von irgendeinem Film, der nach den Nachrichten gesendet würde.

Wie gewöhnlich hatte er noch nichts über seine Abreise verlauten lassen, um keine Fragen oder Aufmerksamkeit auf sich zu ziehen. Seine Mitteilungen erfolgten immer frühmorgens an der Haustür. »Grazia, pass auf, morgen verreise ich ein paar Tage, beruflich.« »Morgen fahre ich mit zwei Kollegen aus dem Betrieb für eine Woche weg.« Dann beginnt für meine Mutter ein höllischer Tag, der damit endet, dass sie schweigend bis spätabends vor dem Fernseher bügelt.

»Warum wirst du da nie wütend?«, frage ich sie noch heute.

»Weil sich dein Vater sowieso nicht ändern lässt, auch wenn du ihn mit der Pistole bedrohst.«

Papa schälte eine Honigmelone. Wenige präzise

Bewegungen, und die Scheibe war fertig. Er spießte sie aufs Messer und reichte sie Mama, dann Laura eine und zuletzt mir. Er fragte mich, wo Großvater und ich gewesen seien und ob ich meine Bewerbung an Privatschulen verschickte, falls die öffentlichen sich im September nicht melden würden. Die Tatsache, dass ich keine Arbeit hatte, machte ihn rasend. Ich nickte. Ich hatte keine Lust mehr zu wiederholen, dass ich sowieso nicht an eine Pfaffenschule gehen würde und dass ich mich auch deshalb für das Lehramt entschieden hatte, um keine Bewerbungen herumschicken zu müssen.

»Wenn du mit vierzehn auf die technische Oberschule gegangen wärst und dann anstatt Literatur etwas Nützlicheres studiert oder noch besser eine Arbeit gesucht hättest, würden wir jetzt hier nicht solche Gespräche führen …«, sagte er angeekelt, während der Melonensaft auf die Tischdecke tropfte.

»Das stimmt, Betriebswirtschaft hätte ich studieren sollen«, erwiderte ich, um ihn noch mehr zu ärgern. »Dann würde ich jetzt mit blauer Krawatte und einem Aktenköfferchen voll großer Scheine durch Mailand laufen.«

»Hör auf, mich zu verarschen.« Er hob den Blick vom Teller: »Verschickst du Bewerbungen, ja oder nein?«

Ich aß noch ein Stück Melone, ohne zu antworten. Er stand auf, ging auf den Balkon, um zu rauchen, und Laura setzte den Espresso auf, den sie ihm dann in seinem üblichen angeschlagenen Tässchen aufs Fensterbrett stellte.

Das Bild, das ich von meinem Vater Riccardo habe, nach den Jeans und dem schlampigen T-Shirt, ist genau dieses: wie er draußen auf dem Balkon steht, raucht und auf die niederen Häuser gegenüber starrt. In tiefes Schweigen versunken. Der Blick kein bisschen wie der von Babbo, der begeistert jede Kuriosität aufnimmt, die ihm vor Augen kommt. »Schau nur, wie der hechelt!«, ruft er, wenn er jemanden sieht, der atemlos vorbeirennt. »Hast du die hübsche Göre da gesehen, Nicò?«, sagt er und zieht mich am Arm. »Wann schaffst du dir endlich mal so ein Spielzeug an?« Aufgeregt knufft er mich mit dem Ellbogen. Bis wieder die Großmutter erscheint, die ihm mit den Fäusten auf die Schulter hämmert oder ihn ins Ohr beißt.

Nach einer Weile sagte mein Vater vom Balkon aus: »Kannst du mir ein Buch empfehlen?«

»Wieso willst du ein Buch?«

»Ich habe schon so lang nichts mehr gelesen.«

»Wie wär's mit der *Phänomenologie des Geistes*?«

»Geh zum Teufel, Nicola.«

Das sind unsere Dialoge. Er redet Unsinn, und

ich kann nie den Mund halten. Bis man schließlich nicht mal mehr über ein Buch reden kann. Wie auch immer, wir alle wissen, dass mein Vater fragt, was er lesen soll, bevor er verreist. Deshalb nahm ich mich zusammen und erwiderte nichts, um ihn am nächsten Morgen zu stellen und ihm alles an der Tür zu sagen.

Auch am Abend blieb ich zu Hause. Stundenlang blätterte ich auf dem Rücken liegend in einer Zeitschrift, was eine äußerst wirksame Art ist, die Langeweile zu spüren. Als ich mich entschloss, wieder zu Proust zu greifen, kam meine Schwester herein. Drüben schliefen sie schon längst. »Liest du?«

»Ich versuche es.«

»Liest du eigentlich immer?« Die Nachttischlampe erhellte ihr Gesicht. »Weißt du, dass Papa verreist?«

»Ach ja? Wohin fährt er denn?«, fragte ich unschuldig.

»Keine Ahnung.«

»Morgen früh wird er es uns schon drei Schritte vor der Tür verraten.«

»Tja. Hi, hi, hi …«, machte sie, die Hand vor dem Mund.

»Nacht.«

»Nacht.«

Der Wecker klingelte um zwanzig nach sieben. Ich sprang auf und ging ins Bad. Mein Vater rasierte sich gerade und lauschte dem Transistorradio, das neben dem Badehandtuch hing.

»Schon auf?«, fragte er misstrauisch.

Hätte ich geantwortet: »Ich muss mit dir reden«, wäre er sofort abgehauen und mir bis zum Abend aus dem Weg gegangen.

»Ich muss so viele Bewerbungen abschicken …«, sagte ich gähnend. Er sah mich angewidert an.

Im Zimmer öffnete ich die Fensterläden, und die kalte Luft, die mir ins Gesicht und um die Beine wehte, vertrieb meine Müdigkeit. Auf dem Tisch lag das Deckchen, auf dem mein Vater jeden Morgen eine Tasse Kaffee trinkt und dazu vier, fünf Kekse eintunkt. Er trat vom Balkon in die Küche und fand mich, wie ich ein Marmeladenbrot aß.

»Ich bin spät dran, wenn ich mich nicht beeile, verpasse ich den Zug auch heute«, sagte er, ohne mich anzusehen.

»Ich weiß, dass du nach Barletta fährst.«

Er riss die Augen auf und runzelte die Stirn. »Wer hat dir das gesagt? Großvater?«

Ich nickte, während ich meinen Bissen herunterschluckte: »Ich würde gerne mitfahren.« Er antwortete nicht. »Opa ist es recht. Wäre es für dich ein Problem?«, drängte ich.

»Hör zu, wir reden noch drüber. Ich weiß noch nicht genau, wann ich fahre …«

In dem Moment kam meine Mutter herein, um sich Kaffee nachzuschenken. Er verstummte, kippte die Reste aus dem Tässchen hinunter und stürzte zur Tür.

»Also komme ich mit. Einverstanden?«, rief ich ihm hinterher.

Ich hörte, wie er die Treppe wieder hochkam. »Hör zu, es ist nicht nötig, dass du auch mitfährst. Mach dich lieber hier nützlich, indem du auf deine Mutter und deine Schwester aufpasst.«

»Warum willst du mich nicht dabeihaben?«, fragte ich wütend.

»Weil es kein Urlaub ist und weil du keine Hilfe wärst.«

Ich knallte ihm die Tür vor der Nase zu, und als meine Mutter mich fragte, was ich hätte, schickte ich sie zum Teufel. Aber es war mein Vater, schon immer war es mein Vater mit seiner ekelhaften Art, der mir die Tage verdarb.

Am Nachmittag rief ich vom Münztelefon der Bibliothek zu Hause an, um seine und Großvaters

Abreise zu verkünden. Es gelang mir, dass alle miteinander stritten. Meine Mutter mit meinem Vater, mein Vater mit Opa und alle irgendwie mit mir.

So schien die Reise geplatzt zu sein, niemand redete mehr davon. Papa ging am Sonntag nicht bei den Großeltern vorbei, und als ich sie besuchte, am Donnerstag, würdigte Großvater Leonardo mich keines Blickes und sagte, es sei nicht der Tag für eine Radtour.

Auch diese Tage waren leer. Leer und lang wie alle Tage erzwungenen Wartens.

Nach dem Frühstück verließ ich das Haus, um nicht mit meiner Mutter aneinanderzugeraten, und fuhr mit dem Rad in die Bibliothek. Dort traf man zwischen den Regalen oder den Bänken des Lesesaals immer jemanden, mit dem man Kaffee trinken konnte, aber danach setzte ich mich oft vier bis fünf Stunden hin, ohne den Blick von den Büchern zu wenden.

Vorher war es nicht so. In die Bibliothek gingen wir alle zusammen, und während der Pausen in der Bar waren wir fast immer ziemlich viele. Oft glitten uns die Tage aus der Hand, dann lungerten wir die ganze Zeit unten auf der Piazzetta herum, rauchten und schwangen große Reden, die noch länger ausfielen, wenn das Mädchen sich anschauen ließ und zu den Witzen lachte. Die vertrödelten Tage waren viele, doch hinterließen sie keinen bitteren Geschmack im Mund. Und auch keine körperliche Erschöpfung.

Jetzt hatten sich die Dinge zwischen denselben Bankreihen auf ihren oberflächlichsten Sinn reduziert. Was immer zu wenig ist.

Nach dem Kaffee frischte ich meine Kenntnisse der lateinischen Literatur auf, denn falls ich an ein Gymnasium gerufen würde, war das bitter nötig. Oder ich schrieb. Auch wenn ich nicht mehr wusste, was ich schreiben wollte.

Nach Tagen, an denen wir uns nicht einmal grüßten und zu verschiedenen Zeiten bei Tisch saßen, damit wir uns nicht in die Augen schauen mussten, kam mein Vater am Donnerstagabend in mein Zimmer: »Morgen früh fahren Großvater und ich los«, verkündete er, »wenn du mitkommen willst, musst du dir zeitig den Wecker stellen, und außerdem musst du noch eine Tasche packen.«

»Wieso sagst du mir das jetzt schon, du hättest ruhig noch etwas warten können …«, antwortete ich, ohne den Kopf vom Buch zu heben.

Ich entschied mich nur für die Reise, um ihn zu ärgern. Die Tasche packte ich gegen eins, als er schon schlief und überzeugt war, dass ich nicht mehr mitkäme.

Nach Ansicht meines Vaters muss man seit jeher »reisen, solange es kühl ist«, das heißt, gegen halb sieben losfahren, um am frühen Nachmittag in Apulien anzukommen und die heftigste Sonne zu vermeiden.

Auch Großvater findet, man müsse »reisen, solange es kühl ist«, aber für ihn bedeutet das, mitten in der Nacht aufzubrechen, spätestens um halb fünf. »So kommen wir voran«, sagt er. Aber voran, wohin? Und bezogen auf was überhaupt?

Selbstverständlich setzte sich Großvater durch, schon weil er um 4.05 Uhr begann, das Telefon läuten zu lassen und dann aufzulegen. Das machte er bei allen seinen Kindern und Enkeln, wenn er wusste, dass sie verreisten, natürlich ohne dass ihn jemand darum gebeten hätte. Es war eine seiner freundlichen Gesten, die er für absolut richtig und gut hielt. Und wir mussten damit umgehen, mit der gleichen Freiheit, die er sich herausnahm.

Eine weitere »freundliche Geste« bestand darin, uns große Tüten Salat zu bringen. Da er viele Freunde mit Gemüsegarten hatte, bekam er Unmengen Salat geschenkt. Genug für eine Armee, nicht nur für eine Familie. Wenn wir morgens gegen halb acht die Türe öffneten, um uns auf den Weg zu machen, fanden wir Tüten voll Kopfsalat an der Klinke hängen. Papa schnaubte wie ein Pferd, Mama lachte und sagte, während sie mich an der Hand die Treppe hinunterführte, das seien »Geschenke vom Opa«. Anrufe, um ihm mitzuteilen, dass wir für die nächsten Monate Salat im Überfluss hätten, zeigten nie eine Wirkung. Nächster Morgen, gleiche Szene: Kopfsalat und Mamas

Gelächter. Da wir nicht wussten, was wir damit anfangen sollten, warfen wir die Tüten nach ein paar Tagen weg, ohne ihm etwas zu sagen. Im Gegenteil, um ihm keinen Kummer zu machen, verlangten meine Eltern, ich solle Babbo ausrichten, wir hätten ganz viel Salat gegessen. Dann sagte ich, kaum in der Wohnung, noch mit dem Schulranzen auf der Schulter: »Ciao Opa, wir haben ganz viel Salat gegessen!« Und er lächelte zufrieden.

Papa und ich standen mit schweren Augen auf. Meine Arme und meine Brust waren warm. Im Zimmer nebenan hörte ich es knurren: »Babbo, Babbo.« Er hatte seinen Vater angerufen, um ihm zu sagen, er solle endlich aufhören.

Wir rasierten uns. Ich im großen Bad, er im kleinen. Meine Mutter stand auf, um uns das Frühstück zu richten. In der Küche war es noch dunkel. Das Licht der Laterne im Hof glich dem einer Kerze auf dem Fensterbrett. Schweigend tranken wir den Kaffee, sie stehend mit abwesendem Blick, wir einander gegenübersitzend wie am anderen Morgen.

Mit all diesem Schweigen und scharfen, missbilligenden Blicken brach der Tag unserer Reise an. Nie hatte ich mit meinem Vater das Haus verlassen, während es noch dunkel war, zwei Koffer in der Hand, unterwegs zu demselben Ort. Nie hatte ich versucht zu verstehen, was ihm noch an der Wohnung in Barletta lag. Und was mir daran lag.

Vielleicht fuhr ich nicht nur mit, um ihn zu ärgern, sondern auch, um ihn in der Rolle des Sohnes zu erleben. Oder vielleicht, um mich darüber zu trösten, dass ich es nicht schaffte, allein woandershin zu fahren, egal wohin, einfach irgendwohin.

Die kalte Luft draußen prickelte wie das Rasierwasser. Großvater stand am Fenster, und sein braun gebranntes Gesicht verschwamm in der Dunkelheit des Zimmers.

Er beugte sich vor: »Nicht klingeln, Nicò«, sagte er, »ich komm runter.« Vielleicht schlief Großmutter Anna noch, oder es war besser, dass sie uns nicht sah, damit sie nicht wieder zu kreischen anfing. Schließlich machten wir uns auf den Weg, die Wohnung ihrer Träume zu verkaufen.

Er stieg ein und klemmte seine Reisetasche zwischen die Beine. Er trug die übliche Drillichhose, ein Hemd und einen dünnen, tabakbraunen Pulli.

»Siehst du, jetzt bist du doch noch mitgekommen«, sagte er zu mir, ohne sich umzudrehen, die Hand an den Haltegriff geklammert. »So hast du dich ins Zeug gelegt …«

»Papa war hocherfreut, als ich ihn gefragt habe …«, erwiderte ich mit einem bohrenden Blick in den Rückspiegel.

»Wenigstens können wir uns beim Fahren abwechseln«, sagte er todernst. Er hatte noch kein Wort an mich gerichtet.

»Und außerdem könnt ihr euch dann alle beide die Papiere genau ansehen, die zu unterschreiben sind«, fügte der Großvater hinzu.

»Babbo!« Mein Vater schlug mit der Hand aufs Lenkrad. »Was weiß der schon von den Papieren, die du meinst. Nicola kennt sich aus mit Literatur, aber um alles Übrige kümmert sich sein Dummkopf von Vater.« Er bedachte mich mit einem schiefen Lächeln, ebenfalls im Rückspiegel.

»Jedenfalls ist es besser, wenn ihr alle beide draufschaut.«

Wir durchquerten Mailand. Überall auf den Straßen fegte rosafarbenes Licht die Müdigkeit weg. Der amarantrote Fiat Punto flitzte über den Piazzale Loreto, auf dem Viale Abruzzi zogen die Zeitungshändler gerade ihre Rollgitter hoch, der Piazzale Lodi wimmelte schon von Bussen, die im Kreis herum fuhren.

Nach der Umgehungsstraße kamen wir zur Mautstation an der Autobahn. Papa nahm den Zettel und steckte ihn hinter die Sonnenblende. Großvater Leonardo sah auf die Uhr. »Halb sechs«, sagte er. »Na, ein bisschen sind wir vorangekommen.«

Auf der Autobahn war es leer und still.

Ich steckte den Kopf zwischen die Vordersitze: »Halten wir an der Raststätte, um einen Kaffee zu trinken?«, fragte ich.

»So kommen wir aber nicht voran!«, erwiderte der Großvater.

»Aber wir wachen wenigstens ein bisschen auf. Die Reise ist lang, Babbo.«

Babbo zog die Mundwinkel herunter. Kurz vor Piacenza hielten wir an. Der Tag versprach heiß zu werden, die Sonne prallte schon gleißend auf die Windschutzscheibe.

Das Café der Raststätte war brechend voll. Überall Leute, die belegte Brötchen aßen, Kaffee und Coca-Cola tranken, als wäre es mitten am Nachmittag. Großvater blickte sich beunruhigt um, so wie wenn etwas nicht klar ist. Ich hakte mich bei ihm unter und führte ihn zur Theke.

»Hier ist es ja wie im Supermarkt«, sagte er. »Früher gab es unterwegs gar nichts. Man musste beten, dass alles gut geht.«

»Als Kind kamen mir diese Dinger immer vor wie das Schlaraffenland, da wollte ich unbedingt anhalten. Aber Papa kaufte mir nie was.«

»Recht hatte er!«

Wir tranken den Espresso im Stehen. Uns gegenüber räumte ein dunkelhaariges Mädchen mit schlauen Augen die Tassen und Tellerchen weg und wischte die Theke ab. Auf dem Schildchen, das an ihrer Uniform befestigt war, stand Anna Lucia. Wenn mein Vater nicht dabei gewesen wäre, hätte ich ein bisschen rumgealbert.

Opa und Papa hörten zu reden auf, beide mit den Lippen an ihrem Tässchen.

»Gut, jetzt seid ihr ja aufgewacht, wollen wir gehen?«, sagte Großvater.

Wir machten uns wieder auf den Weg. Jetzt war die Straße voller, wir fuhren mit hundert auf der rechten Spur, zusammen mit den Lastern.

»Zum ersten Mal im Auto runtergefahren bin ich mit Onkel Mimmo und Onkel Mauro. Wir sind mit Onkel Mimmos Fiat 500 gereist, und zwar nur Staatsstraßen, ohne Autobahn, um Geld zu sparen. Wir haben zweiundzwanzig Stunden gebraucht, das werde ich nie vergessen. Eine Weltreise …«, sagte Papa lachend.

»Wie alt wart ihr da?«, fragte ich.

»Wie alt waren wir, Babbo?«, sagte mein Vater, die Frage weitergebend, ohne mich zu beachten.

»Hm … jung wart ihr, du hattest gerade den Führerschein gemacht.«

»Ja. Ich war achtzehn, zwanzig, die Onkel fünfundzwanzig. Wir fuhren unsere Freunde besuchen.«

»Damals wart ihr noch Brüder und keine Bestien«, warf der Großvater ein und blickte meinem Vater ins Gesicht.

»Wir fuhren heim«, begann dieser wieder, die Bemerkung ignorierend. »Damals fuhren wir immer heim. Onkel Mimmo zu Tante Elena, Onkel Mauro und ich zu unseren Freunden. Wir hatten die Wohnung ganz für uns.« Er setzte die Sonnenbrille auf.

»Und dann war euch die Wohnung völlig egal.«

»Dann waren wir nicht mehr jung. Man bekam ja abends kaum die eigene Wohnung zu Gesicht. Erinnerst du dich, dass ich mit einundzwanzig schon Nicola hatte und auf die Abendschule ging und auch samstags arbeitete? Erinnerst du dich, Babbo?«, wiederholte er im Dialekt. »Wie hätte ich mich um die Wohnung da unten kümmern sollen?«

Babbo antwortete nicht, den Blick starr geradeaus gerichtet, die Hand am Haltegriff über dem Fenster. Es fiel mir schwer, mir meinen Vater lustig und unbeschwert vorzustellen, auf der Reise mit seinen Brüdern.

Als ich klein war, trafen sich alle Russos fast jeden Tag bei den Großeltern, um die Kinder abzuholen. Aber auch an Festtagen füllte sich das Haus. Wir aßen alle zusammen Großmutters Orecchiette mit

Kotelett, das Fladenbrot, Tante Lilias *cartellate,* und nach dem Antipasto setzte sich Onkel Mimmo zu uns an den »Kindertisch« und schenkte auch uns heimlich ein gutes Glas Wein ein. Er erzählte uns einen Schwall von Witzen, der Großvater sah ihn kopfschüttelnd an und brummte: »Richtig so, die Narren gehören zu den Kleinen an den Kindertisch.«

Die Fröhlichkeit trübte sich nur, wenn die Rede auf die Wohnung am Meer kam. Mit den Jahren dann, ohne dass ich Schritt für Schritt die Gründe nachvollziehen könnte, wurde das alles seltener. An den Festtagen kamen die Geschwister nicht mehr alle vier, sondern paarweise, und noch öfter blieb jeder allein, bei sich zu Hause, und sie sprachen sich ab, wer an welchem Tag zu den Großeltern ging. Tante Lilia am Weihnachtsabend, Onkel Mimmo am ersten Feiertag, Onkel Mauro am zweiten, und wir an Silvester. Die Brüder mit dem Fiat 500 hatten unausgesprochen nicht geklärte Ungerechtigkeiten weggesteckt, sie hatten sich immer weniger um einander gekümmert, was unerwartet zu wachsendem gegenseitigen Groll führte. Und alles brach auseinander. Aber ohne einen Streit. Still und schleichend. Wie die Risse in der Wohnung in Barletta.

Auch wir Enkel litten darunter. Heute habe ich nur noch zu wenigen meiner Cousins Kontakt.

Von den anderen weiß ich kaum, wo sie wohnen. Wenn ich oder meine Eltern Verwandte treffen, dann nur, weil man sich aus Versehen bei den Großeltern über den Weg läuft, nie, weil man es will. Die Familie gibt es nicht mehr. Geblieben ist die Achse des Getriebes, die alles am Laufen hielt und nun mühsam jeden für sich kreisen lässt. Doch wenn auch die bricht, wenn einmal auch die hiesige Wohnung der Großeltern zubleibt, wird sich vielleicht niemand mehr begegnen.

Das Auto fuhr schnell, das Radio brachte die Nachrichten, und Papa und Großvater kommentierten sie. Ich war immer noch schläfrig, aber es gefiel mir, den beiden zuzuhören, wie sie sich auf Barlettanisch kabbelten.

Ich blätterte in der Zeitung. Vorne zankten sie sich weiter über Politik. Der Dialekt wurde reiner, die Stimmen lauter. Babbo schlug sich mit der Rechten aufs Bein, Papa setzte die Sonnenbrille ab und wieder auf.

Großvater Leonardo genoss die Freiheit, seine Ideen eines alten Kommunisten vor meinem Vater auszubreiten, denn dieser bezeichnete sich gern als »Progressiver, der mit der Zeit geht«. Für den Großvater dagegen war die von Papa bloß noch »eine weich gespülte Linke«.

»Du hast zu viel Vertrauen in diese Leute, die gegen Perluscone sind!« So sprach er diesen Namen aus, entstellt vom italienisierten Dialekt wie viele andere. »Ich wähle sie zwar auch, aber mit zugehaltener Nase, nicht weil sie ihr Handwerk verstehen.«

Mit dem Umzug nach Mailand hatte er auch diese Gespräche hinter sich gelassen, die in der Sektion manchmal sogar das Kartenspiel platzen lassen konnten. Ebenso wenig durfte er in Anwesenheit seiner Frau auf seine Ideen zu sprechen kommen, sie wollte davon absolut nichts hören. Großmutter Anna war überzeugte Katholikin, der christdemokratischen Partei gehorsam, solange diese existierte, und danach auf der Jagd nach deren Symbol auf dem Wahlzettel, dem Kreuzschild, dem einzigen Garanten einer zivilen Moral. Mit der Zeit versicherte ihr Babbo, um des lieben Friedens willen, dass auch er sich nun eines Besseren besonnen habe und auf ihre Positionen eingeschwenkt sei, um so der Hölle zu entrinnen. Und Großmutter glaubte ihm schließlich, genau wie bei der Schulgeschichte.

Doch vor ein paar Jahren verriet er sich schamlos. Mein Vater hatte die beiden bei den Parlamentswahlen zum Wahllokal begleitet. Während Großvater in der Kabine war, fragte der Sohn ihn von draußen: »Babbo, du hast deine Brille vergessen, soll ich sie dir reichen?« »Nein, nein, Riccà, die Eiche erkenne ich auch so noch …« Die Wahlhelfer hoben die Köpfe von den Registern, und Papa lachte schallend bei dieser Auflehnung gegen die häusliche Missionierung.

»Gottlose, Gottlose! Gottlos seid ihr, alle beide!«, wiederholte Großmutter bis nach Hause.

Wie gewöhnlich ließ Großvater sich nicht darauf ein. Stumm überging er den Vorfall. Mein Vater hat diese Eigenschaft geerbt und durch noch trostloseres Schweigen verfeinert. Wie sein Vater diskutiert auch er gern über Politik. Bei Tisch reden wir, wenn wir reden, darüber, seltener auch über Weine.

Ich sehnte mich nach einem weiteren Kaffee und danach, an der frischen Luft eine Zigarette zu rauchen, traute mich aber nicht zu fragen. Wir hatten gerade Bologna hinter uns gelassen. Es war erst kurz nach acht.

Die Strasse führte weiter geradeaus und war jetzt etwas freier. Unterdessen brannte die Sonne, und Großvater hatte sich den Hut aufgesetzt, den er letzthin auf unserer weiten Radtour gekauft hatte.

Ich hatte mich auf den Rücksitz gelegt, durch das Seitenfenster sah man nur hellen Himmel. Sie begannen sich wieder im Dialekt zu unterhalten.

»Und *'mbà* Nandìn?«, fragte mein Vater ganz neugierig. »Und *'mbà* Flìp?«

Er erkundigte sich bei Großvater, was aus dessen Freunden geworden sei, den *compari* (*'mbà*) Ferdinando und Filippo. An einige davon erinnerte ich mich noch, denn in den drei Sommern, in denen meine Eltern mich nach Barletta schickten, nahm Großvater mich und Giovanni, wenn die Mittagshitze – *a contròr* – vorbei war, mit in die Parteisektion.

Die Sektion war ein großer Raum im Souterrain, die Wände gepflastert mit Bildern von Gramsci, Togliatti, Berlinguer und was weiß ich wem; außerdem standen ein paar Plastiktische herum und ganz hinten einige glänzend polierte Ackergeräte.

Der Großvater kam ordentlich gekleidet, die Haare zurückgekämmt, auf dem frisch rasierten Gesicht den Duft von Kölnischwasser. Zur Begrüßung nahm er die graue Mütze ab, die er erst für den Heimweg wieder aufsetzte. Wenn er zwischen den Tischen durchging, sagte er zu allen *»car«*, mein Lieber, und dazu den Namen des Freundes: »*Car 'mbà* Nandìn! *Car 'mbà* Pasquà!« Die Alten begrüßten Giovanni und mich herzlich und forderten uns sofort zu einer Partie Briscola auf; ich spielte mit einem der Alten zusammen, Giovanni mit einem anderen. Eine kurze Partie, bevor sie sich dann ernsthaft zum Kartenspielen mit Großvater und den anderen *'mbà* niederließen.

Ich fühlte mich wichtig unter den alten Männern, deshalb bat ich Großmutter, mich feinzumachen. Daraufhin steckte sie mich, wenn sie mit Giovanni fertig war, in ein gelbes Hemd mit aufgekrempelten Ärmeln und kurze Jeans mit Kniestrümpfen. Ich weiß nicht, aus welchem Grund sie diesen Aufzug für elegant hielt.

Wenn die Alten in der Sektion das gleiche Spiel vorschlugen wie am Vortag, antwortete ich: »Gäbe es da nicht eine Alternative?«, und dieser Satz erregte allgemeine Heiterkeit, sie gaben ihn sofort von Tisch zu Tisch weiter wie die Lösung einer Algebraaufgabe. So wurde ich in der Sektion zum

»Mann der Alternative«. »Da kommt ja der Mann der Alternative!«, begrüßten sie mich, mit ihren zahnlosen Mündern lächelnd.

»Ja, es geht ihm gut, er hat mich letztes Jahr zu Weihnachten angerufen, und ich habe ihm erzählt, dass ich Urgroßvater geworden bin.«

»Und *'mbà* Pasquà?« Das war der, der immer mit Giovanni zusammen spielte, und der Einzige, der beim Italienischreden gut durchhielt.

»Der lebt auch noch, aber ich habe lange nichts von ihm gehört. Nandìn sagt, es geht ihm jetzt gut, aber er kommt nicht mehr in die Sektion, weil er operiert worden ist und sich noch nicht erholt hat.«

»Und *'mbà* Vcìnz?«

»*'Mbà* Vcìnz ist voriges Jahr gestorben.«

»Oh, schade. Wie alt war er?«

»So alt wie ich«, sagte Großvater. »Er ist im März geboren, ich im September.«

»Und gibt es den Laden noch?«

»Wer ist denn *'mbà* Vcìnz? Kenne ich ihn?«, fragte ich, mich aufsetzend.

»Klar kanntest du ihn. Erinnerst du dich nicht an den Weinhändler von nebenan?«, rief Großvater.

»Natürlich, der Alte, der immer auf der Straße vor seinem Laden saß.«

»Na ja, jetzt sitzt er nicht mehr da, weil er tot ist.«

Papa fuhr fort in seiner endlosen Aufzählung von *'mbà,* in die ich mich immer mühsamer einklinken konnte. Sie waren bei Personen angelangt, die ihrer Vater-Sohn-Welt angehörten. Ich war nach dem Abschnitt mit all diesen Leuten gekommen, die große Stücke auf Großvater hielten und folglich meinen Vater mochten und vielleicht auch mich.

Mittlerweile herrschte wieder dichter Verkehr, und gleich darauf standen wir im Stau. Vor uns hatten wir einen Milchlaster, neben uns einen mit Mineralwasser.

»Wenn alle die Milch und das Wasser aus ihrer Gegend trinken würden, stünden uns jetzt nicht diese Riesenviecher hier im Weg!«

»Komm, reich mir einen Keks«, sagte mein Vater.

»Ach was, Keks, halten wir lieber am Supermarkt!«, schrie der Großvater.

Papa sah ihn stirnrunzelnd an: »An der Raststätte, Babbo.«

Die Raststätte erreichten wir erst nach gut einer Stunde, obwohl sie kaum einen Kilometer entfernt war.

In der Kühle des Lokals bekam Großvater wieder Farbe. Ich fragte Papa, ob ich ihn beim Fahren ablösen solle, und er verzog als Antwort nur den Mund. Wir aßen Schinkenbrötchen.

»Supermärkte findet man unten im Süden erst seit ein paar Jahren. Früher gab es keine.«

»Ich habe aber als Junge einen gesehen in Bari«, erwiderte mein Vater.

»Ja und, was heißt das schon? In Bari gibt es alles, das weiß man.«

Großvater Leonardo hatte jetzt ein lebhaftes Gesicht, wie einer, der sich die Freiheit zurückerobert.

»Als ich zum ersten Mal einen Supermarkt betreten habe, das war in Bollate, da bin ich sofort als echter Bauerntölpel aufgefallen«, sagte er, die Ärmel des dünnen Pullis aufrollend. »An der Brottheke verlange ich drei Laibe Brot. Der Verkäufer packt sie mir in eine Tüte und sagt: ›Noch etwas, der Herr?‹ Ich dachte, es sei nicht nett, gleich Nein zu sagen, und nahm deshalb noch ein Brot. Und der Verkäufer wieder: ›Noch etwas, der Herr?‹ Daraufhin habe ich noch Käse, Salami, Schinken und ein weiteres Brot genommen. Damit sind wir bei fünf …« Inzwischen lachte Papa, dass ihm der Kopf wackelte. »An der Kasse reichte mir das Geld ganz knapp. Ich habe erst aufgehört, als der Verkäufer zu mir gesagt hat: ›War's das, Signore?‹ Da habe ich meinen Mut zusammengenommen und geantwortet: ›Für heute ja, danke.‹«

Ich erstickte vor Lachen fast an meinem Brötchen. »Opa, du bist ein Künstler!«

»Ach was, Künstler, Nicò! Alles Schuld deiner Großmutter, bevor ich losging, hatte sie mir mehrmals eingeschärft: ›Leò, wir müssen uns benehmen, bitte, denk dran, damit wir nicht gleich als Bauerntrampel auffallen!‹ Und hast du gesehen, was passiert, wenn man sich benimmt? Man gibt zehntausend Lire aus, einfach so, *a bùn a bùn.*« Auch er schüttelte den Kopf, vor Mitleid mit sich selbst.

Neben der Zapfsäule lehnten vier junge Männer am Auto und aßen Pizzastücke. Meine Freunde fielen mir ein. So weit weg kamen sie mir vor.

»Wir sitzen hier fest. Wer weiß, was sonst noch passiert ist«, schnaubte mein Vater.

»Wo sind wir hier?«, fragte Großvater.

»Kurz vor Ancona. Bei Fano.«

Ich ging an der Kasse nachfragen, ob sie wüssten, was los war. Die Raststätte war überfüllt.

»Die Autobahn wurde wegen eines Unfalls gesperrt, und gleich dahinter kommt eine Baustelle. Man muss in Fano abfahren, und nach etwa zehn Kilometern kann man wieder drauf«, berichtete ich.

»Gut, dass wir den Termin mit der Agentur erst am Montag haben«, sagte Papa, Babbo anblickend.

Ich staunte. Ich dachte, der Termin sei am nächsten Tag. Stattdessen waren sie gefahren, um noch ein paar letzte Tage in der Wohnung am Meer zu verbringen.

Erst nach einer weiteren guten Stunde im Schneckentempo gelang es uns, aus dem Stau herauszukommen. Jetzt brannte die Sonne. Großvater Leonardo hatte den Filzhut abgenommen und die obersten Knöpfe seines Hemds aufgeknöpft. Papa war nervös. Es belastete ihn zu sehen, wie sein asthmakranker Vater aschfahl im Gesicht wurde, ohne sich auch nur zu beklagen.

Um drei Uhr erreichten wir die Mautstelle von Fano. In dem Häuschen saß eine hagere Signora, die uns, ohne uns anzusehen, erklärte, was man machen müsse, um wieder in unsere Richtung zu gelangen. Sie wiederholte, es habe direkt vor einer Baustelle einen Unfall gegeben, und riet uns, die Lastwagen vorbeizulassen, die bestimmt gleich weiterfahren und die Stadt bis zur Umgehungsstraße verstopfen würden.

Nach wenigen Kilometern begannen Häuser und Wohnblocks mit schwärzlichen Fassaden an uns vorüberzuziehen. Wir bogen in eine Platanenallee ein, und sogleich lag das Meer vor uns. Der Strand war menschenleer. Weit von der Wasserlinie entfernt spielte ein Dutzend Jungen Fußball. Barfuß und mit nackten Schultern. Einige meiner Freunde hatte ich nicht einmal von meiner Abreise verständigt.

»Ist das schön!«, seufzte der Großvater. Papa nickte mit dem Kopf wie ein kleines Kind. Am Himmel über dem Meer zogen fransige Wolken vorbei, die der Wind mitzerrte wie Hunde an der Leine.

In den Strandbädern waren die Sonnenschirme noch geschlossen, aber die Tischchen der Bars waren schon umlagert von Schülern, die Ferien hatten. Jetzt begegnete einem kein Schild mehr, das zur Autobahn wies, nur Palmen, die in regelmäßigem Abstand die Straße säumten. Wir bogen ins Innere ab. Immer noch blitzte in engsten Gassen hier und da das Meer auf.

»Wie lange hatte ich es nicht mehr gesehen!«

»Wie lange, Opa?«

»Jahre, viele Jahre.«

»Das sind die Hügel der Marken«, sagte Papa. »Für mich die schönste Gegend Italiens.«

»Und warum leben wir dann nicht hier? Warum hast du uns nicht hierhin gebracht?«, fragte ich, indem ich ihn im Spiegel ansah.

»An Mailand sind wir gewöhnt, oder? Und außerdem gab es für euch in der Stadt auch mehr Möglichkeiten.«

Das Meer tauchte wieder auf, leicht gekräuselt.

»Mag sein, aber ich habe von diesen vielen Möglichkeiten bisher noch nichts gemerkt … und was heißt das überhaupt? So viele andere Sachen haben uns gefehlt, das Meer zum Beispiel. Das ist ja nicht wenig, das Meer.«

»Ach, Nicò, geh einem nicht immer auf die Nerven mit dem, was fehlt!«, schnitt Großvater mir das Wort ab. »Wenn du kannst, musst du dir dein Leben da einrichten, wo du geboren bist, das habe ich dir doch schon gesagt.«

»Was machen wir?«, fragte Papa, in der Schlange an der Ampel, »wir drehen uns im Kreis.«

»Halten wir für einen Espresso, nach dem Mittagessen haben wir keinen getrunken. Dann können wir uns orientieren«, schlug ich vor.

»So ist mein Sohn, Babbo, daran musst du dich gewöhnen. Sobald ein Problem auftaucht, verkriecht er sich in einer Bar.« Auch seine Ironie reizte mich zum Streiten. Wir beherrschten uns nur, weil Großvater dabei war.

»Vielleicht, Nicò, bist du in deiner Seele mehr Barmann als Lehrer«, brummte Großvater belustigt.

Als wir aus dem Auto stiegen, breitete er die Arme aus, und Papa machte zur Lockerung Kniebeugen.

»Ist euch die Bar dort recht?«, fragte ich.

Großvater Leonardo verzog den Mund, und während wir an der Theke Kaffee tranken, fragte er, mit seinen knochigen Händen gestikulierend, den Sohn:

»Riccà, hier weiter oben wohnt Giacomo. Weißt du, wen ich meine?« Er zuckerte den Kaffee.

Papa sah Babbo mit hochgezogenen Brauen in die Augen, dann schlug er sich plötzlich mit der flachen Hand an die Stirn. »Der Mönch? Der, der die Kugel überlebt hat?«

»Ganz genau. Wenn er nicht gestorben ist, wohnt er hier oberhalb im Kloster.«

Ich ging zur Kasse, um zu bezahlen. Von meinem Fremdheitsgefühl, meiner Einsamkeit, dem ganzen Sumpf, in dem ich zu waten schien, wussten sie nichts. Es war ihnen egal. Sie begriffen die Angst jenes Sommers nicht, dessen Ende mich wieder ohne Arbeit überraschen würde und ohne die Möglichkeit, mich irgendwo zu verstecken, wo mich niemand mit diesem Blick mustern konnte. All das verstanden sie nicht, genau wie ich, aus dem Abstand der Reise, nicht mehr verstand, was die Freunde, die Bibliothek, mein Zuhause, Mailand mir bedeuteten, ob sie noch meine Zuflucht waren oder schon Erinnerungen fürs Tagebuch, oder vielmehr Vergangenheit, von der man sich mit einem gewaltsamen Ruck lösen musste. Am liebsten wäre ich heimgefahren. Abgehauen, ohne mich von ihnen zu verabschieden.

Papa ging zurück zum Auto. Aus dem Koffer zog er ein kurzärmeliges Hemd, wischte sich mit dem verschwitzten Trikot die Brust ab und knöpfte es zu. Den obersten Knopf ließ er offen.

Die Palmenallee tauchte wieder auf und das Meer, das bei jeder sich brechenden Welle aufrauschte. Wir lehnten uns an eine Balustrade, mit Blick auf den Sand. Von der Seite kam Großvater Leonardo mir plötzlich größer und breiter vor, wie er so die Arme ausstreckte und salzige Luft in die kranken Lungen einsog. Sein Schatten auf dem Gehsteig war doppelt so groß wie meiner.

Papa stand in der Mitte. Er hielt die erloschene Zigarette zwischen den Fingern. Sein mürrisches Schweigen wirkte jetzt wie sonst abends am Fensterbrett.

Dein Großvater würde gern bei diesem Kloster oberhalb von Fano vorbeifahren, um einen Freund zu begrüßen.«

Opa hatte sich etwas weiter drüben auf eine Marmorbank gesetzt und die Arme auf der Rückenlehne ausgebreitet.

»Ich bin zwar nicht begeistert«, fuhr mein Vater fort, »aber wenn ich denke, dass es vielleicht das letzte Mal ist, dass er so weit von zu Hause wegfährt ... man muss sie zufriedenstellen, die Alten ...«, schloss er, mir verstohlen in die Augen blickend. Ich runzelte die Stirn und hielt mir die Hand vor den Mund, um das Lachen zu verbergen.

»Sei ganz beruhigt, wenn es dein letzter Wunsch sein wird, werde ich dich auch von Kloster zu Kloster kutschieren.«

Er sah mich wütend an. Nichts war schlimmer, als über seine Hypochondrie und sein Gefühl vorzeitigen Verfalls zu spotten.

»Wer ist eigentlich dieser unbekannte Mönch?«, fragte ich.

»Ein alter Freund des Großvaters. Sie waren zusammen im Krieg.«

»Wenn du meinst, dass es ihn freut …«

»Ich sage mir, schließlich ist er schon auf dem Weg, sein Zuhause zu verkaufen.«

»Es ist doch auch dein Zuhause.«

»Mein Zuhause ist da, wo wir vier wohnen. Das dort ist das Zuhause der Erinnerungen.«

»Auch Großvater sagt das … Ich verstehe euch nicht … Und ich verstehe einfach nicht mehr, ob dieses verflixte Zuhause, zu dem wir gerade zu gelangen versuchen, noch irgendwem gehört. Wessen Zuhause ist es? Darf man das erfahren?«, fragte ich irritiert, fast schreiend.

»Vielleicht gehört es wirklich niemandem mehr.«

Er ließ die Kippe fallen und zeigte mit den freien Fingern auf die Möwen. Dann tippte er mir auf die Schulter, um zu sagen: Lass uns rüber zur Bank gehen.

»Ein Herr hat mir den Weg erklärt«, sagte Großvater, die flache Hand über der Stirn, um nicht von der Sonne geblendet zu werden. »Es ist vierzig Kilometer von hier, aber die Straße ist nicht schlecht. Das letzte Dorf, durch das wir kommen, heißt Pergola, danach kommt das Kloster. Aber wenn es dir lästig ist, fahren wir weiter.«

»Nein, nein«, sagte der Sohn, rasch die Wörter ausspuckend. Was hätte ich darum gegeben zu verstehen, ob er seinem Vater den Wunsch aus Pflichtgefühl erfüllte, um mir ein gutes Beispiel zu geben, oder warum sonst. Er setzte die dunkle Brille auf, zündete sich im Mundwinkel noch eine Zigarette an und schob die Hände in die Taschen seiner beigefarbenen Hose.

Babbo leitete Papa perfekt. »Folg dem Schild, auf dem Pergola steht. Und lies genau ...«, sagte er an jeder Gabelung.

Nach dem Bahnhof ließen wir das Meer hinter uns und fuhren eine schmale, kurvige, ununterbrochen ansteigende Straße hinauf. Links zogen jetzt mit löchrigem Maschendraht gesicherte Bergkämme vorbei, rechts eine wachsende Leere. Die Bäume, die an den Steilhängen aufragten, liefen nicht mehr mit wie auf der Autobahn, sie wurden gleich hinter uns verschluckt.

Alles verlief ruhig, bis vor dem Auto ein Wildschwein auftauchte, es von der Seite mit den Hauern rammte und auf den Abgrund zuschob. Die beiden vorne fluchten einstimmig. Großvater packte den Arm seines Sohnes, den dieser ihm unwillkürlich quer über die Brust gelegt hatte.

»Der ist wohl zum Beten unter die Wildschweine gegangen!«, schrie mein Vater, die Hände starr auf dem Lenkrad.

»Woher soll ich wissen, dass es hier von Viechern wimmelt!«, erwiderte Großvater, ebenfalls schreiend.

»Jeder wählt sich die Viecher, mit denen er leben will«, sagte ich, den Kopf wieder zwischen den Sitzen vorstreckend.

»Halt den Mund, Nicò.«

Nach noch mehr Kurven, noch mehr Leere und noch mehr Bergen kam endlich das Kloster in Sicht. Als wir den gepflasterten Vorplatz erreichten, klebte Papa noch mit der Nase an der Windschutzscheibe. Die gewohnte Ader teilte seine Stirn in zwei Hälften. Großvater Leonardo saß stumm da, trommelte mit den Fingern auf die Tasche, die Lippen zusammengepresst. Vielleicht tat es ihm leid.

Jenseits des Tors ragten rosa Steinblöcke auf, dahinter nur noch bewaldetes Gebirge und Wolkenfetzen. Zögernd überquerten wir den Platz, und an der Pforte sahen wir einander an, keiner wagte zu läuten.

Papa trat etwas zurück, um den Ort genauer in Augenschein zu nehmen. Er rief mich beim Namen. »Schau mal«, sagte er und deutete mit dem Finger nach oben. Dort war in den rosa Stein eine Tafel mit Versen eingelassen:

Zwischen Italiens Küsten ragen Felsen,
Nicht allzu weit entfernt von deiner Heimat,
So hoch, dass Donner unter ihnen hallen.
Sie tragen einen Gipfel, der heißt Catria;
An dessen Fuß liegt eine heilige Klause,
Die pflegt dem Gottesdienst nur zu gehören.

Großvaters Freund betonte später nach dem Abendessen mehrmals, dass Dante hier vorbeigekommen war und dass hier wirklich bei Gewitter der Donner bis zur Erde dröhnte.

Papa wollte, dass ich ihm diese Terzinen erklärte. Es war das erste Mal, dass er mich bat, ihm etwas beizubringen. Großvater widersprach und sagte, ich solle die Verse vor der Auslegung erst laut vorlesen. Jetzt hatte ich beide neben mir, und ich war es, der sie führte: ein Elfsilber, ein Blick rundherum.

Dante machte ihnen wieder Mut, entschlossen gingen sie auf die Glocke zu und ließen mich stehen. In den schütteren Haaren am Hinterkopf, in den mageren, nervösen Beinen glichen sie sich, aber der Vater war auch jetzt, da er zusammengesunken war, noch größer als der Sohn, hatte die breiteren Schultern, die breitere Brust. Großvater Leonardos Schritt war aufrecht geblieben, Papa ging schon schleppend, mit Schulterblättern spitz wie Haken, vorsichtig und ärgerlich, man wusste nicht worauf. Es war, als zöge er das Alter förmlich an, und irgendwann würde es ihm tatsächlich in die Knochen kriechen, wie eine immerwährende Kälte.

Großvater war es, der läutete. Erst als sich die hölzerne Tür öffnete, gesellte ich mich zu ihnen. Ein untersetzter Mann mit weißdunkel gesprenkeltem Bart trat heraus. Er trug Jeans.

»Wenn ihr das Kloster besichtigen wollt, müsst ihr bis Viertel vor sechs warten.«

»Ich bin ein Freund von Giacomo Passatelli. Pater Giacomo«, sagte Großvater Leonardo, den Hut in der Hand.

»Trotzdem müsst ihr bis drei viertel sechs warten, weil er beschäftigt ist. Um diese Zeit sind wir alle beschäftigt.«

»Oh, tut mir leid, das wussten wir nicht«, sagte der Großvater mit einer entschuldigenden Handbewegung.

»Nein, nein«, erwiderte der Bärtige lachend. »Da drüben ist die Klosterbar, trinkt ein bisschen Likör, und in einer halben Stunde läutet ihr noch mal.«

Die Türe schloss sich. Wir sahen uns stirnrunzelnd an. An einem Baumstamm hing ein Wegweiser zur Bar. Eine lichte Stille dämpfte unsere lärmenden Schritte, statt all des lichtlosen Schweigens, das ich sonst kenne. Wir gingen einige Steinstufen hinunter, auf die vom Geländer Efeuranken herabfielen.

Die Frau hinter der Theke schenkte uns eine smaragdgrüne Flüssigkeit ein. Auf der Flasche stand »Laurus«.

»War das ein Mönch?«, fragte mein Vater.

»Ja. Die Mönche ziehen die Kutte nur zum Gottesdienst an, sie tragen sie nicht dauernd wie die Patres.«

»Woher weißt du das alles?«, fragte ich.

»Giacomo hat mir oft von den Unterschieden und der Geschichte der Klöster erzählt. Er kam schon als junger Mann immer her, das war seine fixe Idee ...« Er trank. »Aber vielleicht hätten wir lieber nicht herkommen sollen. So haben wir den Tag vergeudet.«

»Genug jetzt, Babbo! Hoffen wir, dass es deinen Mönch wenigstens gibt.«

»Wenn er nicht gestorben ist, muss er hier sein.«

»Gehen wir raus, damit ich eine rauchen kann.«

Papa wandte sich um zum Gebirge. Es war seine Haltung, die Großvater zu schaffen machte.

»Wer ist eigentlich dieser Giacomo, Opa?«

»Ich hab's dir schon gesagt, Nicò, einer aus dem Krieg.«

»Ja, aber nicht irgendeiner.«

»Natürlich nicht, sonst hätte ich ja nicht verlangt, dass wir mitten im Gebirge haltmachen!«, rief er. »Giacomo stammte aus Trani. Er bekam den Einberufungsbefehl als ganz junger Kerl. Wir sind am selben Morgen von Brindisi losgefahren. Ein Jahr waren wir zusammen in Sardinien, 1940, und haben uns dort mit Malaria angesteckt. Er las immer in der Bibel und war sehr gebildet, während wir anderen fast alle kaum lesen und schreiben konnten. Schon damals sagte er, dass er die Gelübde ablegen und in diesem Kloster leben wolle. Eines Tages haben sie ihm ins Bein geschossen, man weiß nicht, wer, wir befanden uns in einem Wald. Ich lud ihn mir auf die Schulter, um ihn zum Sanitäter zu bringen, und er wimmerte: ›Hier kann nur Gott helfen, Leonardo, hier kann nur Gott helfen!‹ Ich sagte, er solle den Mund halten und im Kopf beten, und dachte im Stillen, wir brauchten wohl eher ärztliche Hilfe. An einem bestimmten Punkt spürte ich, dass er würgte, konnte aber nicht stehen bleiben, ich war kurz davor, unter dem Gewicht zusammenzubrechen. Als wir ankamen, hatte er Blut im Mund. Eine weitere Kugel hatte ihn in den oberen Rücken getroffen. Wäre er nicht auf meinem Rücken gewesen, hätte die Kugel mich getroffen, und ich wäre getötet worden. Bestimmt wäre ich tot gewesen, Nicò.«

»Und dann?«

»Ich weiß nicht, woran es lag, dass er so gut davongekommen ist. Vielleicht hat Gott ihm tatsächlich geholfen. Keine Ahnung. Sie haben ihn ohne Betäubung operiert, die Kugeln sind an beiden Stellen rasch herausgekommen, und er hat überlebt. Er ist sogar nach Hause zurück. Und ich habe wie ein Idiot weitergemacht, sie haben mich nach Cassino geschickt, wo ich am Kopf verletzt wurde« – er berührte die Beule an seinem kahlen Hinterkopf –, »und dann nach Nardò, wo ich geblieben bin, bis alles zerfallen ist …«

»Ihr habt euch gegenseitig gerettet.«

»Du hast es erfasst. Einer durch den anderen wie durch ein Wunder errettet«, seufzte er und atmete tief. »Am Anfang zogen die Kameraden ihn auf, weil er immer las, er riss keine Witze wie sie und ging nie mit einer Hure. Sie behaupteten, er sei schwul, und spielten ihm die übelsten Streiche. Ich sagte zu ihm, wenn er überleben wolle, solle er sich am besten am nächsten Tag vor allen mit einem von ihnen prügeln. Am nächsten Tag hat er sich nicht gerührt, da habe ich es an seiner Stelle getan. Einer bekam einen schönen Faustschlag in die Fresse, und alles war geregelt. Zuerst hat er sich darüber aufgeregt, aber innerlich war er erleichtert, das sage ich dir!«

»Du warst auch ein gewalttätiger Typ, Babbo«,

sagte mein Vater, indem er die Kippe auf den Steinen ausdrückte.

»Du halt lieber den Mund, Riccà. Was weißt du denn davon? Beim Vieh und im Krieg braucht man die Fäuste«, erwiderte Großvater streng im Dialekt. »Giacomo war genau wie mein Bruder, der früh an Bauchfellentzündung gestorben ist. Im selben Jahr wie meine Mutter«, fügte er mit abgewandtem Gesicht kaum hörbar hinzu.

Ich wechselte ein paar Worte mit der Frau hinter der Theke, die sehr mütterlich wirkte. Wie eine Mutter mit vielen Kindern.

»Seid ihr zur Abendandacht hier?«, fragte sie, während sie das Geschirr in eine Schüssel mit Spülwasser tauchte.

»Ich weiß nicht … Mein Großvater ist mit einem der Mönche befreundet.«

»Gleich kommen sie alle heraus und gehen zur Abendandacht in die Kirche.«

Vor der Bar war niemand mehr. Ich sah meinen Vater an einem Mäuerchen lehnen, dahinter war die Gebirgsschlucht. Er verzog den Mund zu einem seltsamen Lächeln und zeigte in Richtung Dante-Tafel. Großvater hatte die Hände in die des wiedergefundenen Freundes gelegt, ein Mann, der nicht alt wirkte, in einem weißen Gewand, das ihm bis auf die Schuhe fiel.

Wie mein Vater blieb ich abseits stehen, aber ohne mich ihm zu nähern. Auch dieser Mönch hatte einen weißen Bart und einen heiteren Gesichtsausdruck. Er lächelte ständig, den Kopf zur Schulter geneigt.

Mein Vater und ich tauschten zustimmende Blicke, er von seinem bröckelnden Mäuerchen aus, ich von meinem Platz an den Stufen zur Bar. Er hatte die Hände in die Hosentaschen geschoben, und die letzte Sonne schien mild auf sein Hemd. In dieser Haltung schimmerte noch etwas von dem jungenhaften Vater mit den Haaren bis über die Ohren durch, der mich bei den Großeltern abholte und am Sonntag mit mir in den Reitstall bei uns um die Ecke ging, um die Pferde zu streicheln. Wer weiß, welcher heimliche Groll diese ganze Jugend zerfressen und seit wann er begonnen hatte, langsam an ihm zu nagen.

Großvater und der Mönch kamen näher, und er zog die Hände aus den Taschen. Ich ging ihnen entgegen.

»Das ist mein Enkel.«

Der Mönch lächelte.

»Ihr seid beide jung!« Er musterte unsere Gesichter. »Ich habe Leonardo schon eingeladen, zum Abendessen zu bleiben und hier zu übernachten. Morgen früh fahrt ihr dann ausgeruht weiter, um halb sechs sind hier sowieso alle auf den Beinen.«

»So kommen wir voran«, sagte Babbo.

Papa setzte die Sonnenbrille auf und drehte sich zum Gebirge um.

»Ich habe darauf bestanden«, fing der Mönch wieder an, ohne sich an Papas Ärger zu stören, »weil Leonardo meine Rettung gewesen ist.« Mit diesen Worten hakte er sich bei mir und meinem Vater unter und zog uns auf der linken Seite des Portikus unter einen moosgefleckten steinernen Bogen. Der Kiesweg führte zu einer Treppe, die in einen Korridor mündete. Der Mönch öffnete die erste Tür: ein Waschbecken, zwei Stockbetten, ein Spind, ein Fenster zum gepflasterten Vorplatz. Abgestandene kalte Luft schlug uns entgegen. Papa und ich waren verstummt, diesem Mönch ausgeliefert, den wir im Gebirge aufgesucht hatten, weil er Großvaters Freund war, und der alles für uns entschieden hatte, während er unter seinem Bart unentwegt lächelte.

»Vielleicht war es verkehrt herzukommen«, murmelte Großvater mehrmals, während sein Freund mich in die Kirche schleppte.

Wir gingen die Vesper anhören. Abgesehen von den Mönchen, die in ihren langen Umhängen in Reih und Glied vor dem Altar standen, war die Kirche leer. Wir setzten uns auf eine Bank in der Mitte, und auch Babbo begann in einem Gesangbuch zu blättern. Keiner von uns dreien öffnete den Mund, um im Chor mitzusingen. Unsere Augen schweiften nach oben, abgelenkt von Edelsteinen, Gewändern, Stimmen, brennenden Kerzen.

Soweit ich weiß, erklärt Großvater nur vor Großmutter, dass er gläubig sei, aber wenn man ihm so zuhört, sagt er ständig: »Nicò, so haben sie es da oben beschlossen«, »so hat es dem Allerhöchsten gefallen«, oder »wenn sie sich in den oberen Etagen etwas in den Kopf setzen …« Es ist nicht klar, ob bei diesen Äußerungen »oben« gleich Gott ist. Und ebenso wenig, ob in den Umschreibungen Ehrerbietung oder Ironie anklingt. Vielleicht ist Großvater Leonardo Deist wie Voltaire. Oder vielleicht ist er aus politischer Überzeugung Atheist, auch wenn ich ihn oft hatte sagen hören, einer der Fehler des Kommunismus sei gewesen, sich zu viel mit Religion zu beschäftigen. Und auch mein Vater wiederholte das immer, wenn wir uns manchmal abends bei Tisch unterhielten: »Eine Riesendummheit. Man darf nie die Spiritualität der Menschen antasten!«, ereiferte er sich.

Über den Glauben meines Vaters weiß ich allerdings noch weniger. In seiner Jugend nannte Großmutter ihn einen »Gottlosen«, einen »Pfaffenfresser«. Ich erinnere mich, dass er, als ich klein war, bei den Fußballspielen des AC Milan fluchte und dass er mich nicht zur Firmung gehen ließ, weil er keine Lust hatte, mich vom Katechismusunterricht abzuholen und jede Woche mit der Nonne zu reden. Großmutter Anna versuchte voller Panik, Großvater zu bewegen, mich mit dem Fahrrad hinzubringen, aber es war nichts zu wollen. So bin ich bis heute ungefirmt.

Doch vielleicht ist Papa einfach jemand, der nicht gerne redet, am wenigsten mit Priestern und Nonnen, die ihn an mechanisch wiederholte Gebete und Tatzen auf die Finger in der Schulzeit erinnern. Sonst nichts. Eines Sonntags beim Mittagessen erzählte er mir schnaufend, Großmutter Anna habe ihn bis zum fünfzehnten Lebensjahr jeden Sonntagmorgen zum Ministrieren in die Sieben-Uhr-Messe geschickt und ihn beim Nachhausekommen den Abschnitt aus dem Evangelium wiederholen lassen, den der Pfarrer vorgelesen hatte. »Nein!«, habe sie ihn angeschrien, wenn er gerade mit dem Aufsagen begann: »Stell dich unter das Bild des Heiligen Herz Jesu, dann kannst du wenigstens nicht lügen!«

Ich erzähle das, weil ich schon mehr als einmal gesehen habe, wie er in die Kirche bei uns um die Ecke eintrat, bevor er zur Arbeit ging, oder sich aufs Sofa neben der Lampe legte, um im Evangelium zu lesen. Auch lässt sich keineswegs ausschließen, dass er in seiner Abendstarre betet. Doch nicht einmal mit ihm habe ich in sechsundzwanzig Jahren darüber gesprochen. Immer zurückgewiesen von seinen Lippen, die sich verziehen und über die höchstens mal ein vages Wort kommt, das einfach gar nichts bedeutet.

Das Abendessen nahmen wir im Gästehaus ein. Der Mönch hatte sich von den anderen getrennt, um sich freier mit Großvater und uns unterhalten zu können. Wir aßen Fleisch und Kartoffeln zusammen mit diesem Giacomo, der uns große Gläser eines kräftigen Weins einschenkte und uns seine breiten Hände auf die Schulter legte, als hätten auch wir den Krieg in Sardinien mitgemacht.

Ab und zu senkte er den Blick auf den Teller, schob die Knochen der gebratenen Koteletts beiseite und wandte sich an Großvater, als ob mein Vater und ich nicht existierten. Er erkundigte sich nach seiner Gesundheit, nach der Familie, nach ein paar Gefährten, die gestorben waren, an Altersschwäche oder an Schlimmerem. Falls es das gibt.

Großvater Leonardo fragte ihn, ob er gerne Mönch sei, und erzählte ihm von der verrotteten Wohnung, für die sich niemand mehr interessierte, weder die Kinder noch die Enkel, noch er selbst, da ihm die Kraft fehlte.

Papa und ich versuchten, ein Gespräch unter uns anzuknüpfen, damit sie sich freier fühlten, aber wir kamen nicht über ein paar kurze Sätze hinaus.

»Ich habe Mama Bescheid gesagt. Sie und Laura gehen heute Abend Pizza essen. Sie hat nicht recht verstanden, warum wir in einem Kloster übernachten.«

»In der Tat …«

Nach dem Espresso, den der Mönch in dieselben Gläser goss wie vorher den Wein, standen Papa und ich auf, um zu rauchen.

»Geht nur die gute Luft verpesten!«, sagte Giacomo lächelnd.

Wir ließen sie mit Zahnstochern im Mundwinkel im Gästehaus zurück. Großvater Leonardo kam erst nach, als wir schon im Bett lagen.

Wir gingen über den knirschenden Kies. An den Seiten des Platzes brannten Laternen, die ein stumpfes Licht auf die Steine warfen. Die Berge erkannte man nicht mehr, die Dunkelheit hatte sie verschluckt.

»Schau, Nicola!«, sagte mein Vater an einem bestimmten Punkt, den Kopf nach oben gewandt. Der Himmel war übersät mit Sternen, groß wie Kirschen. »Sie pulsieren. Gleich wirst du zusehen können, wie sie fallen.«

»So große Sterne habe ich noch nie gesehen.«

»Als Junge habe ich mich für Astronomie interessiert.«

»Astronomie?!«

»Die Faszination für Sachen, die so weit weg sind, dass man sie kaum sieht.«

Wir waren an dem Mäuerchen angelangt, das auf den Abgrund hinausging.

»Denkst du manchmal an Gott, Papa?«

»Mit der Zeit immer mehr. Aber ich weiß nicht, ob ich, wenn ich an Gott denke, nicht eigentlich an Hoffnungen denke. Wenn man betet, hofft man vielleicht einfach und Schluss.« Er drehte den Kopf hin und her auf der Suche nach weiteren Sternen. »Und du?«

»Ja klar, aber ich glaube nicht daran.«

»Ich hätte es euch besser beibringen müssen.«

»Ich weiß nicht, ob das was geändert hätte. Dich haben sie doch dazu angehalten zu glauben, und trotzdem sind weder du noch deine Geschwister wirklich gläubig, außer Tante Lilia.«

»Mag sein«, sagte er, »aber wenn man älter wird, wertet man eben manche Dinge wieder auf.«

»Ja, aber das ist was anderes, es ist die Angst vor der Zeit, die vergeht.« Ich bemühte mich, nicht ärgerlich zu klingen. »Großvater ist nicht gläubig, oder?«, fragte ich, um das Thema zu wechseln.

»Bis vor fünfzehn Jahren ganz bestimmt nicht,

glaube ich. Dann, mit diesem erstickenden Asthma, ist er anfälliger geworden.«

»Ich verstehe dich nicht.«

»Anfälliger zu werden bedeutet, mehr zu hoffen. Aber wenn das für dich nicht Glauben ist …« Er berührte mich mit dem Ellbogen am Arm. »Früher hat einen die Politik auch in dieser Hinsicht vereinnahmt. In Bezug auf Politik war dein Großvater religiös. Tiefgläubig«, sagte er lächelnd. »Allerdings denke ich, dass er innerlich, im Dunkeln, zu Gott betet wie fast alle Menschen, die Angst haben. Was er gar nicht mag, ist die Kirche.«

»Deshalb hat er uns ja auch in ein Kloster geschleppt.«

»Tja, was soll ich dir sagen …«

Wir lachten bei dem Gedanken, hier zu sein. Wenn wir es eher realisiert hätten, hätten wir Großmutter angerufen, um ihr unsere Erleuchtung zu verkünden. Papa steckte sich eine Zigarette an. Als ich ihn bat, mir auch eine zu geben, reichte er mir die, die er im Mund hatte, und rauchte nicht mehr.

Hinter dem Mäuerchen sah man Fledermäuse um schwankende Baumwipfel flattern. Papa deutete darauf, als würden auch sie gleich herunterfallen wie Sternschnuppen.

»Die Sache ist, dass dir der Gedanke, was danach

kommt, dann nicht mehr aus dem Kopf geht ... Bis du Angst kriegst«, fing er wieder an.

»Und gibt es nichts, was dir helfen kann?«

»Nein, nichts. Entweder du glaubst, oder du glaubst nicht.«

»Dann mach's wie Pascal, Papa, glaub einfach, und falls es Gott nicht gibt, hast du nichts verloren ...«

Wir gingen weiter, die Hände in den Hosentaschen.

»Man braucht Mut, um anzufangen zu glauben. Und ich fürchte, die Kraft, sich ganz dem Unbekannten zu überlassen, die habe ich nicht.«

»So funktioniert es auch nicht, dass man ›anfängt zu glauben‹, wie du es nennst. Das ist nichts, was man ›anfängt‹.«

»Da irrst du dich. Alles braucht einen konkreten Anfang.«

Wir schwiegen ein paar Schritte.

»Meiner Ansicht nach glaubst du, weil du Angst vorm Tod hast. Und ich meine nicht, dass Glaube aus Angst entsteht. Oder es stimmt irgendwas nicht, so wie in deinem Fall.«

Er antwortete nicht.

»Jedenfalls hast du recht«, sagte er, den Tonfall wechselnd, »inzwischen denkst du selbst über diese Dinge nach, weil du nicht mehr jung bist.«

»Immer mit der Ruhe. Lad nicht dein Alterselend bei mir ab. Bis dreißig redet man heute von Jugend. Das sagen die berühmtesten Soziologen.«

»Die Soziologen müssen es ja wissen …«, sagte er lachend. »Ich in deinem Alter …«

»Ja, ich weiß, du warst schon jahrelang verheiratet, hattest ein Kind.«

»Und eine Arbeit.«

»Und eine Wohnung.«

»Und ein Darlehen.«

»Toll. Kompliment. Glaubst du wirklich, wenn ich alles auch so hätte machen können, wäre ich weniger mutig gewesen als du?«

»Weiß ich nicht. Aber du hast es nicht gemacht.«

»Tja, weil meine Welt anders ist als deine, das wirst du auch bemerkt haben. Ich habe vielleicht nicht viel dazu beigetragen, sie zu verändern, aber was das betrifft, ist sie mir schon ziemlich verkommen übergeben worden.«

»Allen ist eine verkommene Welt übergeben worden.«

»Die aus deiner Generation haben uns fast alles genommen. Es gibt niemanden, der sich ohne Rückendeckung etwas aufbauen kann, zu Hause ausziehen, es auf mehr als sieben bis acht Gehälter hintereinander bringen, hast du das kapiert?«

»Ihr habt keinen Finger gerührt, um etwas zu

verändern, dafür seid ihr verantwortlich«, erwiderte er achselzuckend.

»Das ist wahr, vielleicht hätten wir euer '68 nachäffen sollen … ganz bestimmt hätten wir es viel weiter gebracht …«

»Ihr habt nicht mehr die Kraft, richtig zornig zu werden, so wie die Männer zu Großvaters Zeiten. Sie hatten uns einen Weg gezeigt. Und ihr, was habt ihr gemacht? Ihr seid weder diesem Weg gefolgt, noch habt ihr einen anderen eingeschlagen.«

»Das ist wie mit Gott, ausweglos.«

»Es gibt nie einen Ausweg.« Er holte ein paarmal tief Luft, als würde er an einer Zigarette ziehen. »Aber schön ist es hier.«

Wir gingen zu unserem Zimmer. Noch einmal betrachteten wir den Himmel voller Sternschnuppen, auch wenn ich keine einzige davon fallen sah. Um die Beleuchtung an den Stufen flatterten unstete Fledermäuse. Als ich unten vorbeiging, machten sie mir Angst, und ich drängte mich dicht an meinen Vater, der nicht zurückwich.

Im Bett liegend hörte man Eisen klirren. Giacomo hatte uns gesagt, das seien die Kühe, die die Weideplätze wechselten.

Ich weiß nicht, wie viele Jahre ich nicht mit meinem Vater gesprochen hatte. Ich glaube sogar, es war das erste Mal überhaupt. Vielleicht, weil wir noch nie in einer Sternennacht im Gebirge spazieren gegangen waren. Vielleicht, weil wir jetzt weniger Vater und Sohn als vielmehr zwei Männer waren. Allein mit der Dunkelheit und der Angst vor der Abwesenheit Gottes.

Keiner von uns beiden hörte Babbo nachts hereinkommen. Am Morgen weckte mich das weiße Licht, das durchs Fenster fiel. Immer noch schepperten die Glocken der Kühe, die weiterzogen.

Das Quietschen der Matratzenfedern und der Sprung aus dem Stockbett weckten meinen Vater. In dem Augenblick kam Großvater Leonardo schon ausgehbereit vom Bad zurück.

»Warum hast du uns nicht geweckt, Opa?«

»Ihr habt so gut geschlafen. Ich war mit Giacomo in der Messe und habe den Frühstückstisch gedeckt.«

»Bis du die vielen Messen verdaut hast …«, sagte ich gähnend.

»Wenn du wohin fährst, musst du dich anpassen, sonst bleibst du lieber zu Hause, das ist sowieso besser.«

Ich zog ein sauberes T-Shirt aus dem Koffer und verließ das Zimmer. Die Eingangstür stand weit offen, und kalte Luft wehte herein. In kürzester Zeit waren wir alle drei draußen und trabten über das Pflaster, das nicht mehr nachhallte. Der Himmel war mit Wolkenrudeln bedeckt, die zum Gebirge hin zogen, und in dieser stumpfen Helle, in dieser lichten Stille schienen die Fledermäuse eine im Dunkeln erfundene Angst zu sein.

Im Gästehaus war niemand. Auf demselben Tisch wie am Vorabend lagen drei Sets und darauf umgedreht je eine Tasse. Die Espressokanne, die neben einem Milchkrug stand, dampfte wie eine alte Lokomotive.

Wir fragten Großvater, ob sein Abend angenehm verlaufen sei, und als Antwort entschuldigte er sich noch einmal für den Umweg. Wir erfuhren nie etwas über seine Begegnung mit Giacomo. Schade, auf dieser Reise, um die Angst vor der Arbeitslosigkeit zu bekämpfen und mir das Verfließen der Zeit zu vergegenwärtigen, wäre es schön gewesen, etwas darüber zu wissen.

Von dem Mönch verabschiedeten wir uns unter dem Bogengang, auf der Schwelle zum Haupttor. Er drückte uns die Hand mit seinen beiden Händen, die runzelig waren wie die Haut einer Esskastanie, und anschließend wedelte er mit seinem Bart, um zu wiederholen, dass wir noch jung seien, und so nebeneinander aufgereiht, sehe man, dass wir auch alle gleich geschnittene Augen hätten. Das gleiche Grübchen auf der linken Wange, das sich vertiefte, wenn wir lachten.

»Die Schönheit liegt bei uns in der Familie«, erwiderte Großvater lachend.

Dann holten Papa und ich die Koffer aus dem Zimmer und ließen die beiden zum letzten Mal allein. Als wir zurückkamen, betrachteten sie schweigend die grauen Wolken und den Himmel, der sich nicht zeigte.

In Serpentinen fuhren wir den Berg hinunter. Abwärts konnte man die Landschaft besser erkennen: Tannen und Buchen und Schluchten und Brombeergesträuch.

Auf der Fahrt von Fano nach Barletta war Großvater Leonardo ebenso ausweichend wie sein Sohn, dessen Schweigen ein unverbrüchliches Geheimnis zu hüten schien. Er antwortete einsilbig und starrte auf die vorbeisausende Straße.

Auf dem letzten Stück der Reise wechselten wir kaum ein Wort. Machten keine Pausen, wie um die versäumte Zeit einzuholen. Großvater Leonardo kommentierte nicht einmal die Nachrichten aus dem Radio. Papa fragte ab und zu, ob wir anhalten wollten, und sofort antwortete Babbo: »Nicht nötig, fahren wir weiter.« Die Autobahn war langweilig wie ein Sonntag im Herbst.

Nach drei oder vier von diesen »fahren wir weiter«, nach zwei weiteren unkommentierten Radionachrichten kamen wir an dem Schild Apulien vorbei, das neben dem anderen, rot durchgestrichenen mit der Aufschrift Molise hing. Großvater, der die Schilder gezählt hatte, erfasste intuitiv die Bedeutung und wurde unruhig: er ließ den Haltegriff los, strich sich die Hose an den Knien glatt, wollte trinken. Das Radio brachte jetzt eine Sendung über Weinkeller und Ölmühlen in mehreren Dörfchen rund um Foggia, die für Publikum geöffnet waren. Wir überholten einen Lieferwagen voller Reisig und Laubzweige zum Feuermachen.

»Ich fürchte mich schon davor, wie wir die Wohnung vorfinden werden.«

»Recht hast du, Babbo«, antwortete Papa, ohne sich umzudrehen. »Recht hast du.«

Wenige Minuten vor zwölf Uhr mittags waren wir an der Ausfahrt Barletta und bezahlten die Maut. Schon der Akzent, mit dem der Mann in dem Häuschen uns grüßte, mit all den offenen ›o‹ von *»bóngiórno«*, machte uns klar, dass wir uns der anderen Heimat der Familie Russo näherten.

Wir erreichten die Via del Mare, die an der Küste entlangführt bis zum Hafen. Rechts zogen schuppige Wohnblocks vorbei, die man auf Sandflächen mit Dornengestrüpp hochgezogen hatte, wo früher, wollte man meinem Vater glauben, Wassermelonen wuchsen. Auch in Barletta fuhr der amarantrote Punto eine Palmenallee entlang, aber mit ganz anderer Sicherheit. Und auch hier sah man am Strand wenige Badegäste und geschlossene Sonnenschirme, kleine Lieferwägen und Dreiradkarren, die Bier und Eis verkauften. Großvater hatte seine Kuhaugen, die vorher auf der Reise und aus Sorge um die Ankunft misstrauisch zusammengezogen waren, weit aufgerissen. Papa hatte endlich die Sonnenbrille abgenommen, und seine Stirn hatte sich ein wenig geglättet.

Schon länger war ich der Einzige, der noch Hochitalienisch sprach. Sowohl bei meinem Vater als auch meiner Mutter war das immer so, obwohl sie sich, im Unterschied zu ihren Geschwistern, bemüht hatten, mit uns Kindern nie Dialekt zu sprechen. Bei der Berührung mit der Heimat tauchte die ursprüngliche Sprache spontan wieder auf und verschwand erst, wenn sie am Ende des Sommers nach Mailand zurückkehrten.

Von klein auf hatte ich den apulischen Dialekt gehört und ihn gelernt, ohne dass ihn mir jemand beigebracht hätte, bis ich sogar die geschlossenere Aussprache des Barlettanischen und den breiteren Tonfall in San Ferdinando, dem Dorf meiner Mutter, unterscheiden konnte. Vielleicht könnte ich selbst auch Dialekt sprechen, doch das habe ich mich nie getraut, aus meinem Mund empfand ich ihn immer als Fremdkörper. Wieder so etwas, das zwar zu mir gehört, mir aber entglitten ist, ohne dass die Zeit eine ausreichende Begründung dafür wäre. Und ohne dass ich je den wahren Grund hätte nennen können.

Mein Vater wies uns auf Barlettanisch auf einen Mann am Strand hin, sonnenverbrannt, gekleidet in Hemd und Hose aus festem Tuch. Er fuhr auf einem Fahrrad, das er mit zwei Kühlbehältern mit spitzen Deckeln zum Eisstand umgerüstet hatte. Babbo sah ihn kopfschüttelnd an und lachte.

»Halten wir an?«, fragte Papa belustigt.

»Ja!«, erwiderte Großvater, immer noch mit leuchtenden Augen.

Papa lenkte das Auto am Straßenrand unter eine Palme, kurbelte das Fenster herunter, hieß mich schweigen, und dann hörte man den Eisverkäufer, der mit heiserer Stimme schrie: »*Giacciolini morèit arangiàte birre cochecole gelati*! Eislutscher Limo Bier Coca-Cola Eis!«

»Wenn wir damals ans Meer gingen, warfen wir den Ball nach ihm, weil er brüllte wie ein Irrer«, erzählte mein Vater lachend.

»Elende Halunken ohne Respekt vor Arbeitern!«, drohte ihm Babbo. »Der schreit, weil er das ganze Jahr über auf dem Markt steht, und wenn du da nicht laut genug bist, verkaufst du nichts!«

»Diese ganzen Leute, die immer nur rumschreien, hab ich noch nie leiden können«, erwiderte mein Vater.

»Woher kommt das bloß, dass du einfach nichts kapierst? Die Markthändler zogen bis gestern zum Verkaufen durch die Straßen, und in den Häusern musste man sie hören. Und außerdem ist es eine Tradition«, fuhr Großvater erbost fort. »Als ich zum ersten Mal in Bollate auf dem Markt war, kam ich mir vor wie auf dem Friedhof.«

Das Auto war schon wieder angefahren. Der Anblick des Meeres verdunkelte die Sorgen um die Wohnung, die kamen und gingen wie die Sonne, wenn sie hinter den Häusern verschwindet.

Wir bogen rechts ab. Wir fuhren an der Altstadt entlang – Barletta vecchia – und stießen auf die Viale Regina Margherita. Hier kannte auch ich mich bestens aus. Nach dem Gemeindebrunnen, genannt *du 'mbrschlicch* – ein Name, von dem keiner weiß, was er bedeutet –, geht es rechts ab in die Via Garibaldi. Hier, am Ende, Hausnummer 37, bevor man wieder am Meer herauskommt, ist die andere Heimat der Familie Russo. Im dritten und obersten Stock.

Papa und Großvater Leonardo achteten nicht auf die befahrene Straße. Am Brunnen bog der Punto erneut ab, und die Straße verwandelte sich von einer städtischen Allee in ein Dorfgässchen, in dem die Zeit stehen geblieben ist. An beiden Seiten zogen nun niedrige Häuser vorbei, alle mit verschiedenem Mauerwerk, aneinandergeklebte Farben und Formen, ohne jede Regel. An den Türschwellen alte Frauen, die zu ihren Füßen hingeworfene Kisten mit Pfirsichen und Zwiebeln bewachten. Am Rand der Gehsteige Autos, Häckselmaschinen und Kleinlaster voller Gerüste und Ackergeräte.

»Das Haus von *'mbà* Ciccillo ist zu«, sagte Papa.

»Ja, er ist aber nicht tot. Er und seine Frau Sterpeta leben jetzt bei dem Sohn neben der Kirche San Filippo.«

An Ciccillo erinnerte ich mich gut. Es war einer aus der Sektion, der sich selten eine Partie Karten genehmigte und viel über Politik redete. Er stellte sich quer zwischen zwei Spieler, erzählte die Neuigkeiten des Tages und versuchte eine Diskussion zu entfachen. Meinen Cousin und mich nahm er, wenn er uns allein und untätig erwischte, beiseite und fing an, uns sein Projekt zur Abschaffung des Privateigentums zu schildern, an dem wir in einigen Jahren auch würden teilnehmen können.

Großvater Leonardo sagte immer, dass ihm nun in Barletta nur noch dieser Ciccillo und sein Bruder die Tür öffnen würden, ebenfalls ein Ciccillo, der die lange Reihe der Ciccilli vermehrte, die es bis heute noch in der Stadt gab.

Wir kamen bei unserem Haus an. Ohne zu den Balkonen aufzuschauen, fuhren wir die Fassade entlang. Papa trug seinen und Babbos Koffer zur Haustür, ich meinen, und Großvater trug händeringend die ganze Last der Aufregung.

»Da schaut, die neue Haustür. Als ob sonst nichts zu richten gewesen wäre ...«, sagte Großvater und ließ die Mundwinkel hängen.

In der Tat stach aus all dem alten Zeug diese Haustüre mit reflektierenden Scheiben heraus, die verhinderten, dass man ins Innere blicken konnte. Noch einmal überraschten wir uns, wie wir da aufgereiht standen, unerwartet widergespiegelt.

Großvater Leonardo betrachtete das Klingelbrett. Neben dem obersten Knopf stand sein Name.

»Wenigstens der Name ist noch da«, sagte er ohne Überzeugung.

»Das ist doch schon mal was«, sagte Papa, erneut schlecht gelaunt.

Ich sagte nicht, dass ich das Schild wieder angebracht hatte, als ich letztes Mal hier war.

Nach vier Treppen mit hohen weißlichen Steinstufen, die aussahen wie vom Wasser abgeschliffen, blieb Großvater Leonardo stehen, umklammerte das Geländer und hob den Kopf, um zu schauen, wie hoch er noch steigen musste. Ich war schon an der Türe angekommen, und von oben schnitt es mir ins Herz, ihn so alt und außer Atem zu sehen.

»Immer mit der Ruhe, Babbo, wir haben keine Eile«, wiederholte mein Vater ständig. Großvater stieß mit jedem kurzen Atemzug ein leises Ächzen aus. Er nickte mit dem Kopf, um sich als Mann Mut zu machen und die Krankheit zu akzeptieren.

Papa und ich warteten schweigend oben am Treppenabsatz und sahen uns aus den Augenwinkeln an wie im Rückspiegel. Es war Großvater Leonardo, der aufschließen sollte.

Die Wohnung lag in der Mitte des Stockwerks. Seitlich gab es noch zwei Türen, an einer davon waren Klinke und Schloss mit Klebeband umwickelt und verkleistert, von der Sorte, die man zum Packen von Paketen verwendet. Ich warf meinem Vater einen fragenden Blick zu.

»Die Nachbarin ist verreist. Und vor der Abreise klebt sie immer die Schlösser zu, damit niemand durchs Schlüsselloch spionieren kann.«

»Die nervt sowieso bloß. Ein Glück, dass sie weg ist«, sagte Großvater, aufs Geländer gestützt, die Augen fest auf das Dachfenster gerichtet, das den engen Raum mit sonnigem Licht erfüllte. An meiner Hand fand ich Splitter vom Lack des Geländers.

Vor der anderen Tür waren Obstkisten aufgeschichtet. Diese Wohnung hatte ein Fensterchen, das aufs Treppenhaus hinausging.

»Die Wohnung von denen ist halb so groß wie unsere, und sie wohnen zu viert da. Es sind arme Leute«, flüsterte Großvater.

»Das ist ja Wahnsinn, im Jahr 2000 ein Fenster zum Treppenhaus ... Wo sind die eigentlich stehen geblieben, in der Steinzeit?«, sagte Papa, indem er sich mit der Hand die Hose abklopfte.

»Wir hatten doch selber ein Fenster zum Treppenhaus. Du hast einfach alles vergessen, seit du dich etabliert hast«, antwortete Babbo.

Langsam beruhigte sich Großvaters Atem. Das Ächzen war verstummt, und seine Brust hüpfte nicht mehr ruckartig unter dem Hemd.

Nach viermaligem Schlüsselumdrehen und einem leichten Schulterstoß, um die Angeln zu wecken, sprang die Türe weit auf. Der Flur war schmal, und Großvater nahm uns mit seinen Schultern, die sich durch die Angst, die eine sich öffnende Tür verursacht, wieder hastig hoben und senkten, die Sicht. Während er aufsperrte, betete ich unwillkürlich, dass die Zeichen des Ruins ihm nicht alle auf einmal ins Auge sprängen, dass der Verfall der Mauern und der Gegenstände ihn erst allmählich und verteilt auf alle seine letzten Tage in der Wohnung am Meer erreichte. Ein Riss nach dem anderen, nicht die breite Kluft zwischen den Dingen. Seinen Dingen, die er vertrauensvoll dort zurückgelassen hatte wie in einem fest verschlossenen Schrein.

Auch mein Vater bewegte den Kopf hin und her in dem Versuch, den Augenblick zu erfassen, in dem der Vorhang aufgeht. Wer weiß, was er für seinen Vater erhoffte.

Was ihn betraf, so hätte er sofort auch trostlose Bilder ausgehalten, überzeugt, dass Verwahrlosung und Stille nur zur völligen Auflösung führen konnten. Für ihn war es sogar richtig so. Im Grunde verdienten die vier Kinder allesamt nichts anderes. Mein Vater würde seine Empfindungen unterdrücken und den Verfall mit der kalten Rationalität dessen zur Kenntnis nehmen, der sich nicht betroffen fühlt. Er konnte absolut nicht verzeihen, dass alles aus Mangel an Interesse und Engagement vor die Hunde gegangen war. Wie sollte er da, als der Jüngste, ausgerechnet den Ort seiner Kindheit in einem so ekligen Zustand akzeptieren können? Er, der als Kind und Jugendlicher furchtlos über zerbrochene Muscheln gelaufen war und von der Terrasse das Meer betrachtet hatte?

Auf Risse, Spalten, Löcher, Berge von abgebröckeltem Putz stieß man in all den Tagen auf Schritt und Tritt. Und jeder Riss täuschte, schien nur eine Runzel zu sein, die die Seele der Dinge nicht angegriffen hatte, dabei hatte er sie für immer zersetzt.

Keiner blieb von dem Schock verschont. Auch ich nicht, obwohl ich doch als Letzter hier gewesen war und die ärgsten Schäden schon gesehen hatte. Beim Umschauen schien mir, als wären die Holzwürmer nach nicht erkennbaren Naturgesetzen gewachsen, hätten sich vermehrt und gewütet wie die Heuschrecken.

Staub und Putzbrocken bedeckten die Fliesen im Eingang und den Stromzähler hinter der Tür. Staub und Putz auf der Holztreppe, die zur Terrasse führt. Und auch auf dem Küchentisch, auf den Waschbecken und den Fenstern, die auf die Balkone hinausgehen.

Die Schritte knirschten auf dem heruntergefallenen Schutt und dem zu Krümeln zusammengebackenen Staubschleier. Wir ließen das Gepäck an der Türe stehen. In der Küche war es dunkel und stickig, nur durch die Fensterläden und die Scheiben sickerte ein wenig Sonne.

Im Gänsemarsch gingen wir ins Wohnzimmer. Auch hier Halbdunkel und erstickende Hitze. Auch hier Staub und Putz auf der Kredenz, auf dem rostfleckigen Spiegel aus Nussholz, auf den Vitrinen mit dem guten Geschirr, die Großmutter jeden Sonntag polierte, während sie die Tomatensauce für die Koteletts kochte.

Wir sprachen nicht. Jeder versuchte hektisch, etwas zu tun, damit Leben und Licht in die Räume zurückkehrten, und die Dinge zu bewegen, ohne dass sie zerfielen.

Großvater trat an die Balkonfenster und rüttelte daran, um sie zu öffnen. Bei jedem Ruck schien es, als würden die klapprigen dünnen Scheiben herausfallen und endlich aufhören zu zittern. Ungeduldig versetzte er dem Fenster schließlich einen heftigen Stoß, worauf Staub aufwirbelte, der ihn so zum Husten brachte, dass er die Madonna verfluchte. Wütend zog er sein Taschenmesser heraus, das er immer einstecken hatte, und zerschnitt die Schnur, die die Griffe an den Fensterläden zusammenhielt. Er hustete, hustete und hustete. Mit der Wut des Mannes und der Schwäche des Alters.

Licht und leichter Wind kamen zugleich ins Wohnzimmer, eine warme Brise fuhr über den Tisch, Sonnenstreifen brachen sich im Spiegel.

Zu erforschen blieben das Schlafzimmer, das ein Fenster oben in der Wand mit dem Wohnzimmer verband, das kleine Badezimmer neben dem Eingang und die Terrasse. Großvater Leonardo hustete immer noch und spuckte in sein Taschentuch.

»Babbo, sei so gut, geh raus hier.«

»Ja, Opa, das ist besser.«

»Wo soll ich denn hin, hier ist doch überall Staub!«

»Setz dich vor der Tür auf einen Stuhl!«, herrschte Papa ihn an.

Großvater fehlte sogar die Kraft zu widersprechen. Die an der Raststätte gekaufte Flasche Wasser in der Hand, ging er mit hochroten Wangen hinaus und zog den Stuhl über den schmutzigen Fußboden.

Wir sahen uns verlegen an. Die Augen meines Vaters waren gerötet vor Ekel und Scham.

»Ich setze die Zisterne auf der Terrasse in Gang, sonst können wir uns hier nicht mal waschen. Gott, ist das eklig, igitt!«, stieß er mehrmals zwischen den Zähnen hervor, während er die wackelige Treppe hinaufstieg. »Gott, ist das eklig, igitt, igitt!«, hörte man es noch von oben.

In dieser Wohnung lief das Wasser noch in die Zisterne, um dann von oben zu den Wasserhähnen zu gelangen. Sie füllt sich einmal am Tag, im Lauf von fünf bis sechs Stunden. Die übrige Zeit tropft es nur. Ein Tropfen nach dem anderen prallt auf die Wasserfläche, und durch das Echo des Eisenbehälters hört man das Geräusch bis ins Schlafzimmer. Auch so eine veraltete Vorrichtung, die fast niemand mehr hatte. Papa ermahnte mich, auf keinen Fall das Leitungswasser zu trinken und jeden Tag literweise Desinfektionsmittel in die Zisterne zu schütten. Misstrauisch, wie er ist, würde er am liebsten auch das Meer desinfizieren, bevor er darin badet.

Ich blieb allein im heißen, staubigen Wohnzimmer. Auf meinem Hemd bildeten sich Schweißflecken. Ich trat auf den Balkon. Die Straße war leer, eingehüllt in die brütende Mittagshitze. Erst am späten Nachmittag werden hier die Rollläden an den Geschäften wieder hochgezogen und die Straßen wieder lebendig. Erst wenn die Hitze nachlässt, fängt alles wieder an. Dann gehen die Leute in Scharen am Meer spazieren, an den Kiosken entlang, oder, wenn das Wetter es nicht zulässt, auf der kleinen Piazza.

Ich nahm den Besen und fuhr damit über den Tisch und die Kommode, um den Staub und die größeren Putzstücke auf den Boden zu befördern. Als ich den Besen unter den Schrank schob, aus dem man das Bett herausklappt, kam ein kleiner CD-Player zum Vorschein. Den hatte ich vor meiner Reise mit Veronica, dem Mädchen aus Modena, gekauft. Es steckte noch eine CD von den Rolling Stones drin. Erstaunlicherweise funktionierte er. Kurz darauf erschien mein Vater und schaltete ihn aus mit der Bemerkung, es gebe ja wahrhaftig keinen Anlass zum Singen.

Ich hatte mehrere Abfallhaufen im Zimmer gemacht. Von der Türe aus warf Papa mir die Schaufel zu.

»Opa?«

»Sitzt im Treppenhaus und starrt auf die Balken.«

»Das Wasser?«

»Fängt an, sich zu füllen. Sobald die Geschäfte endlich aufmachen, müssen wir Desinfektionsmittel kaufen. Pass auf, dass du die Lüftung im Bad nicht einschaltest, da ist offenbar eine Taube reingefallen, sie verliert Federn, ein paar sind schon im Bidet gelandet.«

»Was für ein Scheißtod, in der Lüftung eines Klos …«

»Montag, spätestens Dienstag will ich die Sache hinter mich bringen und abreisen. Ich halte es in dieser widerlichen Wohnung nicht aus.«

»Komm, beruhige dich, man muss sie nur etwas sauber machen.«

»Man muss sie nur verkaufen«, sagte er, schon auf dem Rückweg in die Küche.

Jetzt hörte ich deutlich das Rauschen in der Zisterne, das Wasser, das auf das Eisen plätscherte. Dieses Geräusch sollte uns nicht mehr verlassen. Nicht einmal nachts.

Ich begann zu putzen. Ich warf den von Wasser mit Chlorbleiche triefenden Lappen auf den Boden, wo er sich mit einem Schmatzen festsaugte. Rundherum wirbelte noch Staub auf. Das gelbliche Wasser im Eimer wurde bald trüb, dann schwarz. Papa kam mit einem halb vollen Müllsack zurück.

»Was ist da drin?«

»Die Bettdecken und die Tagesdecke aus dem Schlafzimmer.«

»Was machst du damit?«

»Ich schmeiße sie weg. Wenn ich sie ausklopfe, ersticken wir. Und außerdem sind sie grauenhaft alt und verschlissen.«

Wir waren erschöpft und verschwitzt wie Maurer auf dem Dach.

»Aber tut es dir nicht leid, die Sachen wegzuwerfen?«

»Du weißt, was mir leidtut.«

Wieder klatschte ich den Putzlappen auf den Boden. Es klang wie eine Ohrfeige.

»Als Junge aß ich immer das Obst hier auf dem

Balkon. Schüsseln voll Pfirsiche mit Zucker. Man sah das Meer. Das ganze Meer mit den Booten. Jetzt haben sie diesen ekelhaften Kasten da hingesetzt, der alles verdeckt.« Er deutete auf den Wohnblock. »Wenn du klein bist, käme es dir nie in den Sinn, dass man dir etwas vor die Nase setzen könnte. Deine Onkel«, fuhr er, an die Schwelle gelehnt, mit abgewandtem Blick fort, »rauchten hier heimlich ihre ersten Zigaretten, wenn die Großeltern ins Bett gegangen waren. Auf dem anderen Balkon dagegen, dort in der Küche, saßen Großmutter und deine Tante Lilia und enthülsten weiße Bohnen und Erbsen. Wenn Großmutter jetzt auf den Balkon ginge, würde er herunterkrachen …«

»Zu Hause habe ich ein Foto von Großmutter und Tante Lilia auf dem Balkon gesehen.«

»Wenn wir nicht weggegangen wären, wäre alles noch in Ordnung.«

»Was willst du da machen … Jedenfalls kannst du sagen, dass die Großeltern euch eine schöne Kindheit geschenkt haben, oder?«

»Die Kindheit ist von sich aus schön.«

Ich blickte hinaus und dachte, dass manchmal die Worte eines anderen genügen, damit man etwas ins Herz schließt.

Die Zisterne rauschte, und das Wasser, das aus dem Hahn kam, war schon ein wenig klarer.

Im Treppenhaus stand noch der verlassene Stuhl in der Sonne, die durch das Oberlicht knallte. Ich ging nachsehen. Das kleine Fenster der Nachbarn stand offen, und von drinnen hörte man Stimmen, darunter die des Großvaters. Die Obstkisten vor der Tür waren verschwunden. Jetzt lagen da sandverkrustete Eimerchen und Schäufelchen in einem schlaffen Schlauchboot.

Ich zog mich zum Rauchen auf den Balkon zurück. Der Fußboden des Wohnzimmers war schon trocken. Vom Wohnblock gegenüber grüßte mich ein kleiner Junge mit kastanienbraunem Lockenkopf. Er rief seine Mutter, um ihr unsere seltsamerweise geöffneten Fensterläden zu zeigen.

Gegen sieben sah es in den Räumen schon ein bisschen akzeptabler aus. Die Klospülung, zum Beispiel, funktionierte. Und da davon ja die Bewohnbarkeit einer Wohnung abhängt, konnten wir uns die paar Tage durchschlagen.

Papa und ich stellten uns rasch unter die kalte Dusche und trockneten uns die Haare auf der Schwelle zum Balkon wie frisch gewaschene Wäsche. Er erzählte mir vom Bad, das jetzt größer war, sogar mit Bidet. Früher weder Bidet noch Dusche, nur die Kloschüssel und ein Waschbecken. Knapp ein Quadratmeter Platz.

»Wir badeten im Meer, sooft wir konnten. Dein Onkel Mimmo, der als Maurer arbeitete, und Onkel Mauro, der Mechaniker war, gingen sich am Meer waschen, nach Hause kamen sie nur, um sich das Salz abzuspülen. Hygiene, wahre Hygiene, ist was ziemlich Neues.«

»Und dann hat sich alles verändert …«

»Ja, im Lauf von ungefähr fünfzehn Jahren. Ich bin Jahrgang '55«, sagte er, laut rechnend, »1970 bin ich weggegangen, da gab es schon fast niemanden mehr, der kein Bad im Haus hatte, keinen Fernseher, und vor allem hielt niemand mehr Tiere in der Wohnung … Manche nahmen noch das Fahrrad mit rein. Selbst Mama hatte als Kind ein paar Jahre lang einen Esel im Haus, wusstest du das? Und ich hatte eine Matratze aus Maisstroh. Wenn du das heute jemandem erzählst, glaubt dir keiner … Es ging alles viel zu schnell, um es zu verstehen … und wir mussten gleichzeitig alt und neu sein, das hat uns innerlich durcheinandergebracht.« Er zog die Mundwinkel herunter, blickte nach draußen. »Oder zumindest ich bin durcheinandergekommen.« Er lächelte dem Kind auf dem Balkon gegenüber zu, das uns immer noch winkte. »Und keiner von denen wie ich, ohne reichen Vater im Hintergrund, konnte es sich mehr leisten, in den Jahren hier zu bleiben, wo es überhaupt keine Arbeit gab. Und weißt du, Nicola, heute hat sich ja nichts geändert. Das Ekelhafte ist, dass sich bis heute, auch wenn es nicht so wirkt, einfach gar nichts geändert hat …«

»Dann triffst du hier auch gar keine Freunde von damals, aus der Jugendzeit?«

»Wenige, sehr wenige. Die meisten findet man eher in Turin, in Mailand, jedenfalls im Norden. In Barletta würden mir nicht mehr von ihnen über den Weg laufen als im Supermarkt, auf den Festen der *L'Unità*, beim Pizzaessen …«

»Und Großvater?«

»Seine Freunde sind hier. Diese Generation hat zugesehen, wie die Kinder weggingen, aber wenige sind mitgegangen.«

Ich trat auf den Balkon. Auf der Straße sausten Jugendliche auf Mopeds herum und schnatterten im Dialekt. Auf den Bürgersteigen defilierten Frauen vorbei, Arm in Arm mit ihren Männern, und man sah auch noch alte Frauen, die genauso gekleidet waren wie Großmutter und unbewegt ins Leere starrten wie Wächterinnen.

Papa wanderte im Zimmer auf und ab, die Hände hinter dem Rücken.

»Was hast du?«, fragte ich.

»Wirst sehen, dass die *marnarìd* sich die Wohnung nehmen.«

»Wer?«

»Die *marnarìd,* die Nachbarn, eine Matrosenfamilie. Sie sind arme Leute. Unsere Behausung hier ist kaum noch was wert, und sie leben in einem Loch. Sie werden ein paar Wände einreißen und eine Wohnung draus machen.«

»Ja und?«

»Nichts und.« Er marschierte weiter auf und ab. »Bloß haben wir dann, wenn wir die Bruchbude verkaufen, keinen Grund mehr herzukommen.«

»Das ist nicht wahr«, antwortete ich.

Er wedelte mit der Hand, als wollte er sagen: Lass nur. »Warum soll man tausend Kilometer fahren? Hm? Um ins Hotel zu gehen, wie du es gemacht hast? Um hier unten vorbeizugehen und zu sehen, dass da, wo ich geboren und aufgewachsen bin, jetzt andere Leute wohnen, die ich nicht einmal kenne?« Wieder wedelte er mit der Hand.

»So geht's.«

»So geht's, wenn die Familie am Arsch ist. Wenn sich die Geschwister nicht mal mehr anschauen!«

»Dann renoviert sie doch! Unterschrieben ist ja noch nichts.«

»Das ist es nicht. Man muss nur schnell machen.«

Ich wollte etwas erwidern, als Großvater mit glänzenden Augen und einem Korb Pfirsiche in der Hand hereinkam.

Babbo wusch sich wie wir unter der kalten Dusche. Er ging ins Schlafzimmer, um sich umzuziehen, und hustete noch ein paarmal tief, aber ohne zu fluchen. Zu den weggeworfenen Decken äußerte er sich nicht. Auch er hatte kein Problem, sich von Dingen zu befreien, die die Zeit kaputt gemacht hatte.

Sich kämmend kam er ins Wohnzimmer zurück. Seine Schläfen waren kahl, wie bei Papa, und wie man es im Ansatz auch bei mir sieht, wenn ich die Locken hochhebe, die mir in die Stirn fallen.

Unten auf der Straße war jetzt mehr los, und von den Kirchen an der Allee läuteten die Glocken. Allmählich wehte bessere Luft in die Wohnung herein. Papa lümmelte sich auf seinem Stuhl und mischte einen Stoß neapolitanische Karten, die er in einer Schublade der Kredenz gefunden hatte. Ich aß einen Pfirsich.

»Den brauchst du nicht zu schälen«, rief Großvater Leonardo, »schälen muss man nur die mit der pelzigen Haut.«

»Wasch ihn mit Desinfektionsmittel«, mischte sich mein Vater ein.

Ich aß den Pfirsich mit Haut und ohne Desinfektionsmittel. Saft tropfte auf den Tisch. Während ich hineinbiss, erinnerte ich mich, dass Großvater in den Ferien nie mit langweiligen Salattüten heimkam, sondern mit Körben voller Pfirsiche, Aprikosen und Feigen, die ihm die Freunde bergeweise schenkten, einfach aus Freude, ihn wieder hochelegant in seinem nussbraunen Anzug in der Sektion auftauchen zu sehen.

Wir erwarteten, dass er von seiner Begegnung mit den *marnarìd* erzählen würde, aber er schwieg.

»Gehen wir zum Essen aus, ja oder nein?«, sagte ich irgendwann zu den beiden, die gedankenverloren auf eine Spinnwebe an der Wand starrten.

»Und wohin gehen wir?«, fragte mein Vater.

»Zu Ninetto, da kannst du *cappuccio di mare* probieren«, antwortete Babbo.

»Gut. Also gehen wir zu diesem Ninetto oder wollen wir warten, bis wir verhungern?«

»Nein, nein, gehen wir«, erwiderten sie.

Langsam, aber mühelos stieg Großvater die Treppe hinunter. Unten im Hausflur neben dem Wasserzähler stand ein angekettetes Fahrrad.

»Wir haben das Fahrrad immer mit in die Wohnung genommen, keiner hätte sich getraut, es hier stehen zu lassen!«, sagte Großvater.

»Siehst du«, sagte Papa zu mir, »ich hab's dir ja erzählt.«

»Dein Vater und seine Brüder nahmen es abwechselnd auf die Schulter, wenn sie von der Arbeit kamen, und trugen es hoch bis auf die Terrasse. Früher, als sie noch echte Söhne waren und keine Bestien.«

»Opa, stimmt es eigentlich, dass ihr Tiere in der Wohnung gehalten habt?«

»Und ob! Es gab mehr Tiere als Menschen. Einen Esel und vier Hühner, und außerdem einen Hund, immer. Alle zusammen, wie in der Arche Noah«, sagte er lachend. »Wenn dann der Esel brünstig war, die Serenaden hättest du hören sollen …«

»Wir hatten aber bloß einen Kanarienvogel, stimmt's, Babbo?«, fragte Papa, wirklich wie ein Kind.

»Ihr habt das Elend nicht kennengelernt«, antwortete Großvater und wandte den Kopf ab. Papa sah ihn distanziert an. »Aber jedenfalls ja, nur das Vögelchen. Und zwar nicht im Käfig, sondern so, ganz frei«, erzählte Babbo weiter. »Die Großmutter hat es dann fliegen lassen, weil es überallhin kackte. Sie hat es genommen und gesagt: ›Geh mit Gott!‹« Resigniert breitete er die Arme aus, die Handflächen nach oben. »Aber ich fürchte, sehr weit ist es nicht gekommen ...«

Draußen auf der Straße warf Großvater als Erstes einen Blick in den Weinladen. Sofort ging die Tür auf, und wir sahen, wie Großvater eine etwa dreißigjährige, zierliche junge Frau mit Pferdeschwanz umarmte.

»Das ist die Enkelin des Weinhändlers, *'mbà* Vcìnz, des Freundes, der letztes Jahr gestorben ist. Ich bin mit einem seiner Söhne zum Katechismusunterricht gegangen«, sagte mein Vater zu mir.

Großvater Leonardo kam mit der jungen Frau heraus, die wir mit Wangenkuss begrüßten und duzten.

Opa nahm ihre Hände und drückte sie fest mit seinen beiden, die viel größer waren. Genau so hatte sich der Mönch im Gebirge von ihm verabschiedet. Mit dem gleichen Lächeln und den gleichen Gesten.

Im Weitergehen atmeten wir die Kühle ein, die vom Meer herüberwehte. Wir bogen in die Via Mazzini ab, noch ein Sträßchen, wo nur alte, niedrige Häuser und Dreiradkarren standen.

Man konnte keine drei Schritte in Frieden tun: Alte Freundinnen von Großmutter sprangen von ihren Stühlen auf, um Großvater zu begrüßen und seltener auch Papa, der weggegangen war, als seine Gesichtszüge noch im Werden waren. Diese alten Frauen in ihren Morgenröcken und Schürzen sprachen Großvater mit »Ihr« an: »Kommt herein, *compare* Leonardo, ich habe genau drei Stühle drinnen«, sagten sie. »Trinkt wenigstens einen Kaffee, so erzählt Ihr mir von *comare* Anna und von Euren Kindern.« Es blieb nicht einmal die Zeit abzulehnen, da ging schon ein höllisches Fragengewitter in reinem Dialekt los, über Großmutter, Tante Lilia und vor allem über die Wohnung. »Behaltet Ihr sie? Lohnt sich das denn für Euch, *compare* Leonardo?«

Er war sehr geschickt darin, die Gespräche liebenswürdig abzubrechen: »Ihr müsst mir verzeihen, *comare,* aber ich bin in Eile, mein Bruder wartet auf mich, Ihr versteht, es ist Jahre her ...«

Daraufhin entschuldigte sich die Alte ihrerseits, indem sie erneut Appetithappen mit Oliven und getrockneten Tomaten anbot.

Papa fanden wir auf der anderen Straßenseite, wo er sich mit einem großen, kahlköpfigen Herrn mit der dicken Brille eines Kurzsichtigen unterhielt. Großvater näherte sich und zeigte ans Ende der Straße. »Dort wohnt Ciccillo«, sagte er zu mir.

»Dein Freund?«

»Nein, mein Bruder. Wir dürfen nicht da vorbeigehen, denn wenn er mich sieht, kommen wir nicht mehr ins Restaurant.«

»Aber wenn dir daran liegt, gehen wir jetzt gleich vorbei.«

»Ist das schön, hier zu sein! Gefällt's dir, Nicò?«

»Ja«, erwiderte ich. Und ich hätte ihm gerne gesagt, dass es schön war, weil alles durch ihrer beider Gedanken gefiltert wurde. »Ja«, wiederholte ich.

»Morgen muss ich ganz früh zu ihm und zum anderen Ciccillo gehen, wenn die mich auf der Straße treffen, ohne dass ich sie begrüßt habe, gibt es Streit.«

»Bist du sicher, das Ciccillo der einzige Freund ist, der dir geblieben ist?«

Er schwieg, dann nickte er mit einem Schulterzucken. »Wenn du weggehst, ist es aus. Außer du gehörst zur Familie, dann ist vielleicht noch was zu retten. Vielleicht.« Wieder schwieg er, fasziniert seinen Sohn beobachtend, der den Freund mit der Brille um die Schulter fasste, ohne sich bewusst zu sein, wie sehr er in den Bewegungen seinem Vater glich. »Auch wenn du stirbst, ist es so, und wenn du weggehst, ist es genau dasselbe … Am Ende ist es dasselbe.« Ich sah ihm ratlos in die Augen, und da er dachte, mein Blick sei vorwurfsvoll, platzte er los: »Nicò! Nicò, spiel nicht den Jungen, der noch hinter seinen Drachen herläuft! Entweder du bist im Leben eines anderen da, oder du bist nicht da!«

Ich dachte nicht anders als er, bloß dass Großvater Leonardo die Überlegungen immer so verknappte, bis nur das Skelett der Grundidee übrig blieb, die schwer zu verdauen ist. Abstand und Tod mögen dasselbe sein – vielleicht –, aber so unartikuliert ausgedrückt, in diesen trockenen Worten, ärgerte es mich. Darum übrigens beneidete er mich: um die Worte, die alle Übergänge begleiteten. Und darum beneidete ich ihn: dass er einem die nackte Idee hinwarf. Die Vielschichtigkeit meines Vaters besteht genau darin: nur ab und zu ein paar Übergänge. Nur manchmal die nackte Idee.

Als Papa uns an der Straßenecke einholte, wo die alte Frau uns nicht sehen konnte, fragte Großvater im Dialekt, wer denn der Mann gewesen sei, und er erklärte ihm ebenfalls im Dialekt, es sei ein

Klassenkamerad aus der Mittelschule, einer, den er nie wiedererkannt hätte.

»Der kam in die Schule, nachdem er schon drei oder vier Stunden auf dem Feld gearbeitet hatte, verschwitzt, ohne ein Buch, mit einem erdverschmierten kleinen Heft für alle Fächer. Er setzte sich, schlug es auf, legte den Kopf darauf und schlief sofort ein. Die Lehrer ließen ihn fast immer schlafen, manchmal sagten sie sogar, damit wir still waren, zu uns: ›Ruhe, Kinder! Domenico schläft!‹«

Im Prozessionsschritt waren wir auch durch die Via Mazzini marschiert. Endlich kam der Viale Regina Margherita in Sicht. Keine stillen Straßen und niedrigen Häuser mehr, keine alten Frauen mit Schürzen mehr auf der Schwelle, sondern städtischer Verkehr, Kleidergeschäfte, Pizza zum Mitnehmen, Supermärkte, Zeitungsstände. Und ein Hin und Her von Leuten, die wie wir der Altstadt zustrebten.

Auf dem Viale grüßte Großvater niemanden. Und mein Vater auch nicht. Abgesehen von dem Zeitungskiosk *du Russ* (»del Rosso«, d.h. eines Herrn mit karottenroten Haaren), fand Babbo die ihm bekannte Abfolge nicht wieder. Sie war durcheinandergeraten, verändert, ausgelöscht. Vor allem ausgelöscht. Jetzt gab es an der Via Mazzini einen Discount und auf dem Bürgersteig einen eingezäunten Bereich für die Einkaufswagen. Nicht mehr und nicht weniger wie in Bollate, wie in Mailand.

Es war nicht so, dass Großvater Leonardo sich nicht vorstellen konnte, dass auch hier Straßen und Plätze allmählich immer mehr denen einer echten

Stadt ähnelten. Doch konnte er sich diesen Veränderungen nicht mehr anpassen.

»Da ist ja *'mbrschlicch*«, sagte Papa. Großvater Leonardo lächelte kurz. Dann ging er stumm weiter, hoch aufgerichtet in der Cordjacke, die er nun auch im Sommer trug, verfroren, wie er mittlerweile war.

»Man versteht überhaupt nichts mehr!«, meinte er am Ende des Viale.

»Babbo, du bist schon so viele Jahre weg, das ist es.« Papa, in sein Schweigen gehüllt, schien diesen Spaziergang mehr zu genießen. »Sei froh, dass sich die Dinge auch hier verändern, zumindest an der Oberfläche.«

Babbo zog erst die Mundwinkel herunter, dann nickte er resigniert.

Die Straße durch die Altstadt von Barletta ist ganz kopfsteingepflastert. Rechts steht die Statue des Heraklius, dahinter die Chiesa del Rosario. Schneeweiß.

Papa musste Zigaretten kaufen. Auch er sah sich um und kannte sich nicht mehr aus.

»Da unten, komm mit«, sagte ich zu ihm.

»Ich warte hier auf euch. Oder lieber hinter Heraklius, an der Seite der Kirche, bevor sie die auch noch abreißen.«

Wir bogen in eine Querstraße ein, eng wie die Gässchen in Venedig. Nach und nach gingen die Laternen an, auch hinter uns auf der Hauptstraße, auch hinter der Chiesa del Rosario.

»Weißt du, dass mir die Stadt schöner vorkommt?«

»Anders?«, fragte ich.

»Ja, anders, aber besser so. Zum Glück ist es nicht mehr die Stadt, wo dich die Straßenhändler bestürmen, die Stadt der kleinen Krämer und der Fischhändler, die ihre Eimer mit Dreckwasser auf die Straße leeren.«

Papa war Veränderungen gewöhnt, mehr sogar als Großvater. Als Junge einen radikalen Schnitt machen, die Schule abbrechen, allein weggehen, arbeiten, Abendkurse besuchen, neue Freunde gewinnen. Und urplötzlich heiraten und mich auf die Welt bringen. Alles im Lauf sehr weniger Jahre, als ob die inneren Entwicklungen der Jugend nicht genügten. Bei Großvater Leonardo war es anders, er hatte nur eine Entwurzelung mitgemacht. Und zwar heftig. Und nie vergessen.

Am Tabakkiosk standen Männer mit Biergläsern und Tippzetteln in der Hand, die im Dialekt durcheinanderschrien. Italienisch war in den Bars hier noch so selten wie ein vierblättriges Kleeblatt.

»Zwei Päckchen Muratti.« Der Verkäufer legte

die Zigaretten auf die Theke, ohne uns anzusehen, da er gerade dabei war, Summen auf einem Notizblock zusammenzuzählen. Als er den Blick hob, um das Geld zu kassieren, fixierte er sein Gegenüber, stülpte die Lippen nach vorn und kratzte sich an der sommersprossigen Stirn. Papa wartete ab. Der andere schnalzte mit den Fingern: »Russo!«, sagte er.

»Genau.«

»Ich weiß nicht mehr, ob Mauro oder Riccardo, jedenfalls der Jüngste.«

»Ja, Riccardo.«

»Seid ihr auf Urlaub?«

»Wir sind gekommen, um die Wohnung ein bisschen in Ordnung zu bringen.« Papa steckte die Päckchen ein.

»Aha. Aber behaltet ihr sie denn noch, diese Wohnung?«, fragte der Verkäufer erstaunt. »Russo, sagt es mir, wenn ihr sie verkaufen wollt.«

Papa verlor sofort die Geduld. »Auf Wiedersehen«, sagte er und wandte ihm den Rücken zu.

Sobald wir draußen standen, riss er die Cellophanhülle der Packung auf, warf das Silberpapier fort und steckte sich eine an. Die Laternen hatten mehr Farbe bekommen.

»Wer war das?«, fragte ich.

»Der Sohn *du Russ*. Großvater kennt den alten

Russ gut, der Mann ist auf Draht. Der Sohn dagegen war schon immer ein Idiot. Er hat Glück gehabt, dass die Familie etwas Geld hatte und ihn da drin zum Briefmarken- und Zigarettenverkaufen unterbringen konnte.«

»Zu *'u Russ* ging ich oft mit dem Großvater, um Streichhölzer zu kaufen, auf dem Heimweg von der Sektion.«

»Wer ein Geschäft hatte, ist nicht weggegangen«, sagte er.

»Das war immer so.«

»Gott, wie grässlich! Alle wissen Bescheid über die Wohnung. Alle mischen sich ein, eine Schande!« Wieder schlug er mit den Händen auf seine Hose.

Babbo saß allein auf einer Bank gegenüber der Kirche. Den Kopf in den Nacken gelegt, betrachtete er den Campanile.

»Früher traf er sich hier immer mit seinen Freunden, um den Arbeitsplan für den nächsten Tag festzulegen. Wenn man die Schule schwänzte, war es besser, die gesamte Altstadt zu meiden, dein Großvater hatte überall Freunde, die einen sofort verpetzten«, sagte Papa und räusperte sich, noch schnaubend wie ein Pferd. »Es ist schlimm, ihn da allein sitzen zu sehen. Früher war er immer unter Leuten.«

In Mailand hatte jetzt nicht nur Großvater Leonardo keine Freunde mehr, sondern auch mein Vater. Fast alle waren auf der Strecke geblieben, seit er den Arbeitsplatz gewechselt und die Firma verlassen hatte, die ihn mit sechzehn Jahren eingestellt und in der er wichtige neue Bekanntschaften geschlossen hatte. An die meisten seiner damaligen Freunde erinnere ich mich noch gut. Ab und zu finde ich sie auf den Fotos meiner ersten Geburtstage wieder, auf denen rund um das pummelige, auf dem Tisch neben der Torte platzierte Kind die unrasierten Gesichter dieser grell gekleideten Burschen auftauchen, die miteinander lachen.

Dann jedoch kam das zweite Kind, das Darlehen, die Schließung der Firma. Oder vielleicht war es nicht das. Realistischer waren die Langeweile und die Angst, die uns die anderen immer machen. Die kurzen Abstände, vergrößert durch den Mangel an Interesse und Anteilnahme an Schicksalen, die anders sind als unseres. Daher die ununterbrochene Folge von Abenden am Fenster mit den Zigaretten auf dem Fensterbrett und drinnen dem plärrenden Fernseher. Die Spielräume, vielleicht auch nur das Gesichtsfeld, verengen sich. Reichen nicht mehr über die Häuser gegenüber hinaus. Die Vergleichsmöglichkeiten gehen gegen null. Die Erinnerungen an den jungenhaften Vater, der andere junge Väter nach Hause einlädt oder mich warm eingepackt, schlafend oder kreischend in die Pizzeria, zu Freunden oder auf Dorffeste mitschleift, werden verdrängt vom Bild des leidenden Vaters, der mit der Zeitung freudlos im Sofa neben der Stehlampe versinkt. So wunderbar die Frühreife dieses Vaters und Mannes mit seinem noch jungenhaften Elan war, so sehr stört es mich, dass er sich nun müde und lahm dahinschleppt wie ein zur Einzelhaft Verurteilter. Vielleicht, weil ich spüre, dass mit der Zeit auch für mich dieses Risiko besteht. Vielleicht, weil er mir noch jung zu sein scheint, mein Vater.

Großvater Leonardo kam uns entgegen. »Innen ist sie immer noch eine Wucht«, sagte er.

»Wie vor vielen Jahren?«, fragte ich.

»Sogar noch schöner. Lauf, schau sie dir an.«

»Nachher, Opa. Wir sind hier am Verhungern, ›gleich fallen wir vor Hunger tot um‹!«, sagte ich, Totòs Stimme imitierend.

»Na gut ... Gehen wir, aber schnell. Morgen kommen wir sowieso wieder her, weil Sonntag ist, da können wir eh nichts tun.«

Papa hob missmutig den Blick, ihm graute bei der Vorstellung, einen Tag untätig hier festzusitzen.

Wir spazierten durch die ansteigenden Straßen, in denen es überall von Menschen wimmelte. Wir kamen an kleinen Kirchen aus grauem Stein vorbei. Die aneinandergebauten, in gedämpftes Laternenlicht getauchten Häuser gaben einem ein heimeliges Gefühl, das die Müdigkeit ein wenig milderte.

»Wenn man bedenkt, dass dies einmal das ärmste Viertel war!«, rief Babbo, indem er die Tische der Restaurants draußen auf den Bürgersteigen betrachtete.

»Und dreckig war es, damals als wir herkamen«, sagte Papa.

»Gefällt es dir, wie sie's verändert haben?«, fragte ich Großvater.

»Ja, es ist schön, aber eben was anderes. Und auch die Leute sind ganz anders.«

Mir fiel ein, dass ich Veronica in einer dieser Gassen geküsst hatte. Ich fühlte die Kühle des Meeres, in der Ferne erahnte man das Kastell. Wären meine Freunde hier gewesen, hätten wir Spaß gehabt.

Bleiben wir draussen oder gehen wir rein, Babbo?«

Wir setzten uns draußen hin. Um zu uns zu gelangen, balancierten die Kellner mit Armen voller Platten und Teller quer über die schmale Straße. Die Tische, umgeben von Kübeln mit Weißdorn, waren voll besetzt mit Familien samt Großeltern und Enkeln. Wie wir. Der Kellner, der als Erstes Mineralwasser und Weißwein des Hauses brachte, war jünger als ich, mit noch frischem, ausgeruhtem Gesicht. Es wehte eine leichte Junibrise, und im Licht der Straßenlaternen schlenderten laut im Dialekt schwatzende Leute vorbei. Vielleicht war es der Gedanke, die Wohnung zurückerobert zu haben, der uns vor Leichtigkeit seufzen ließ, während wir uns in die Augen sahen, wie Söhne und Väter es fast nie tun.

Großvater füllte auch Papa und mir das Glas jedes Mal zu einem Drittel. Und er hob immer sofort den Kelch, um so mit gesenktem Kopf sein verschmitztes Lächeln zu verbergen.

Selbst nachdem die ersten Antipasti gekommen waren, sprachen wir noch nicht.

»Gibt es *cappuccio di mare*?«, fragte Großvater.

»Ja klar«, antwortete der Junge freundlich.

Unser Schweigen dauerte an, ohne Lächeln, sodass ich nun nicht mehr wusste, ob Leichtigkeit zwischen uns war oder ob uns ein anderes, bedrückendes, von Unverständnis und Misstrauen bestimmtes Schweigen überschwemmte. Ich verstand nicht, ob mein Vater nur müde war oder ob er sich Sorgen machte um seinen Vater, um mich und meine Arbeit, um Mama und Laura, die allein zu Hause waren. Ob er es einfach satthatte, sich nicht absondern und in die Ferne blicken zu können, oder es nicht ertrug, dass ich hier dabei war. Ebenso wenig verstand ich, wie weit die Müdigkeit Großvater schwächte und wie weit die Sorge oder die Überzeugung, dass er zum Abschiednehmen hier war, was ja immer die Vorstellung des Todes konkreter macht und einen drängt, genauer Bilanz zu ziehen, auch das bisschen übrige Zeit zu überschlagen und nachzurechnen, das einem wohl noch bleibt.

Großmutter rief zweimal am Tag an. Wenn Papa den Namen auf dem Display las, reichte er das Handy seinem Vater weiter. Babbo, nach einem strengen, bösen Blick auf seinen Sohn, reichte das Ding mir, und da ich nicht wusste, wem ich es zuschieben sollte, antwortete ich schließlich, indem ich kindische Ausreden für die beiden erfand, und berichtete Großmutter Anna den neuesten Stand der Dinge.

»Nun, Babbo, jetzt sag uns mal, was die *marnarìd* erzählt haben«, sagte Papa, eine gekochte Miesmuschel schlürfend.

Babbo wischte sich den Mund ab und schob den Teller beiseite: »Die möchten unsere Wohnung.«

Papa sah mich mit überlegener Miene an. Großvater Leonardo ahnte den Ausdruck. »Und das wussten wir ja schon alle«, sagte er, die Hände öffnend. »Sie – ihr Mann war nicht zu Hause – hat mir auch den Preis genannt, den sie zahlen möchten. Aber meiner Ansicht nach ist er zu niedrig … Ich hoffe wirklich, dass er zu niedrig ist«, fügte er mit lauterer Stimme hinzu. »Jedenfalls habe ich weder Ja noch Nein gesagt. Wir müssen auch noch nachschauen, was mit der Terrasse los ist, der Makler muss noch kommen und die Schätzung vornehmen …«

Papa hob den Blick, schon erschöpft von der bloßen Vorstellung, die Terrassentür öffnen zu müssen.

»Sag mir, was du meinst, Riccà«, schloss Großvater immer noch im Dialekt.

»Babbo, neunzigtausend Euro, höchstens fünfundneunzig. Wenn die Terrasse in Ordnung ist. Die Balkone sind baufällig und müssen erneuert werden, die Mauern müssen verputzt und verspachtelt werden. Wo nichts abgeblättert ist, haben sich Luftblasen gebildet, hast du das gesehen? Strom- und Wasserleitungen entsprechen auch nicht den Vorschriften, und der Herd wird noch mit Gasflaschen betrieben, das ist einfach barbarisch!« Papa, die Augen auf den Teller gerichtet, hätte noch lange weitergemacht mit seiner Aufzählung. Babbo starrte ihn giftig an. Ich stieß Papa unter dem Tisch mit dem Bein, und endlich schwieg er.

»Neunzig-, fünfundneunzigtausend. Das haben die anderen auch gesagt.«

»Welche anderen?«, fragte Großvater.

»Mimmo, Lilia und Mauro.«

»Aha, habt ihr telefoniert?«, fragte Babbo hoffnungsvoll.

»Nicht ein Mal«, erwiderte Papa ohne Rücksicht, »seit feststand, dass ich mit runterfahren würde, sind sie alle abgetaucht. Kein Ratschlag, keine Meinung. Wie üblich.«

Babbo ging nicht darauf ein, ab und zu schob er den Teller noch weiter in die Tischmitte. Papa rauchte und schnippte die Asche in einen der Blumenkübel. Zuletzt brach es aus ihm heraus:

»Diese harte Nuss zu knacken habe ich ja nur übernommen, weil ihr alle sie mir in die Hand gedrückt habt, als würde ich was dabei verdienen!« Verbissen saugte er noch einmal an dem Tabakstummel. »Ich habe eingewilligt, weil du mich darum gebeten hast, und um mit euch beiden einen Ausflug in meine Heimat zu machen! Das ist der einzige Grund, warum ich diese Reise gemacht habe.«

Es wurde wieder still. »Was wäre die Wohnung wohl ohne die Schäden wert gewesen?«, fragte ich.

»Das Doppelte«, antwortete er, ohne mich anzusehen.

»Ihr habt euch alle einen Dreck darum gekümmert!«, schrie Großvater und schlug mit der Faust auf den Tisch. Jemand drehte sich nach uns um. »Nachdem ich krank geworden bin, war sie euch gnadenlos scheißegal! Keiner hat mehr einen Finger gerührt, einer schlimmer als der andere!« Er hustete, während seine Wangen unter den aquamarinblauen Augen sich plötzlich feuerrot färbten.

Jetzt blickte auch ich zu Boden, wollte nicht einmal mehr Zuschauer sein. Großvater Leonardo schüttelte ununterbrochen den Kopf.

»Schluss jetzt, Babbo, mit diesem Gerede. Jedes Mal wieder dieses widerliche Gerede.«

»Deine Mutter hatte recht, Riccà, deine Mutter hatte recht! Nachdem wir diese Wagenladung Enkelkinder aufgezogen hatten«, Großvater sprach weiter, ohne auf seinen Sohn zu hören, »hätten wir hierher zurückkehren sollen! Weg von der Stadt, die nicht unsere ist, weg von den Supermärkten, der Fabrik, Mailand und dem Teufel, der euch alle geholt hat!« Er schnäuzte sich. »Wenn einer kann, ist's besser, dass er zum Sterben nach Hause geht. Aber wir nicht, nein!« Er schlug erneut mit der Faust auf den Tisch, dass die Gläser wackelten und der Wein in der Karaffe schwappte. Wieder drehten sich Leute um. »Wir nicht! Wir müssen dableiben, auf alles gefasst, zwischen lauter Fremden! Warum eigentlich? Warum da krepieren? Um welche Kinder zusammenzuhalten? Welche Enkel? Riccà, bei uns schaut doch keiner dem anderen mehr ins Gesicht!« Papa antwortete nicht. »Bestien seid ihr geworden! Meine Kinder sind schlimmer als das Vieh!«, schloss Großvater Leonardo mit versagender Stimme und weit aufgerissenen Augen.

Ich glaube, Papa hätte gerne gestritten. Ihm seine Gründe ins Gesicht geschleudert. Sie herausgeschrien, wie man nie ausgesprochene, in Einsamkeit ausgebrütete Dinge herausschreit. Vielleicht wäre das auch Großvater Leonardo am liebsten gewesen, um endlich einen Grund, eine Rechtfertigung für diese in Schweigen erstickte Verachtung zu erkennen. Doch vor mir würde mein Vater um nichts auf der Welt herumbrüllen. Vor den Kindern muss man immer ruhig bleiben. Immer so tun, als sei alles in Ordnung und die Situation unter Kontrolle. Das ist auch so ein sonderbarer Grundsatz von ihm, der ihm gar nicht bewusst ist. Leugnen und den Mund halten. Leugnen und so tun, als ob nichts wäre. Auch die offensichtlichsten Tatsachen vor mir leugnen, in der Überzeugung, dass ich, wenn er alles mit Schweigen übergeht, von glücklicheren Bildern leben kann.

Die Spannung lockerte sich, als der *cappuccio di mare* kam. Babbo fand in dieser Tasse mit schwarzer Sepiatinte obendrauf einen Rest an Geduld, an Kraft, um uns Weißwein einzuschenken.

»Na, jetzt ist Schluss, schließlich sind wir in Urlaub.«

Papa hob sein Glas in dem Versuch, den Kopf wieder höher zu tragen.

»Prost«, sagte ich und wollte mit ihnen anstoßen, aber die Gläser berührten sich nicht. »Wie ist dieser *cappuccio,* Opa?«

»Eine Wucht.«

»Hunderttausend Euro werdet ihr schon dafür bekommen, meiner Ansicht nach«, fügte ich hinzu.

»Und was meint ihr zu den Nachbarn?«, fragte Babbo.

»Was sagt Großmutter?«

»Ihr ist es recht. Sie sagt, es sind liebenswürdige Leute, Kinder aus armen, ehrlichen Familien, und das stimmt.«

»Aber Babbo, was weiß sie denn über deren Ehrlichkeit! Sie hat diese Nachbarn in zwanzig Jahren vielleicht zweimal gesehen ...«, knurrte Papa immer noch gereizt, während er auf dem Tisch die Zigaretten suchte.

»Gaetana hat es ihr gesagt.«

Gaetana ist die, die ihre Türe mit Klebeband versiegelt, bevor sie verreist. Sie ist eine Alte, die überall ihre Nase reinsteckt, eine liebe Freundin von Großmutter Anna. Eine Gestalt wie aus der Commedia dell'Arte. Öfter haben wir sie dabei überrascht, wie sie hinter der Türe lauschte, wenn wir aus dem Haus gingen, oder sich mehr schlecht als recht hinter der Rohrmatte versteckte, wenn wir auf der Terrasse aßen.

»Selbstverständlich. Was Gaetana sagt, ist für meine Mutter Evangelium«, antwortete Papa resigniert.

»Ihr könnt euch nicht vorstellen, wie ich diese Frau verabscheue.«

»Ja, ist sie denn so schrecklich?«, fragte ich.

»Nicò, außer dass sie ihre Nase überall reinsteckt, ist sie auch noch eine Hexe. Sie verbringt den Tag damit, Karten zu legen und im Kaffeesatz zu lesen. Alles liest sie, außer den Sachen, die man lesen muss.«

»Und was geht dich das an?«

»Es geht mich etwas an, weil sie auch Großmutter dazu verleitete. Sie hatte sie überredet, auch daran zu glauben. Du weißt ja, dass deine Oma in diesen Dingen keine Ahnung hat.«

Papa lächelte hämisch, mit gerunzelten Brauen. Er erinnerte mich an das Porträt von Machiavelli auf dem Handbuch für Literatur.

»Ihr braucht gar nicht zu grinsen wie zwei Advokaten«, sagte Großvater, indem er sich vorbeugte. »Manche Sachen können einen zum Wahnsinn treiben.« Er tippte sich mit dem Zeigefinger an die zerfurchte Denkerstirn. »Wisst ihr, dass dieses Weib vor vielen Jahren – du, Riccà, warst noch gar nicht auf der Welt – ihre Schwester überredet hatte, ihr fieberndes Baby damit zu kurieren, dass sie es in einem Wännchen mit eiskaltem Wasser auf die Terrasse stellte? Sie behauptete, wenn man das frühmorgens so mache und dazu irgendeinen Heiligen anriefe, würde die Temperatur sinken und das Fieber verschwinden.«

Ich riss die Augen auf: »Und das Baby?«

»Das Baby ist gestorben, Nicò!«

Mein Vater lachte nicht mehr, er sah sich um wie

einer, der nicht weiß, wo er hingeraten ist. »Wie auch immer«, sagte er, »wenn die *marnarìd* die Wohnung wollen, ist es für uns kein Problem.«

»Hier ist alles ein Problem«, antwortete sein Vater sofort.

Der Kellner servierte uns die Spaghetti mit Meeresfrüchten. Auch eine Wucht, fand Großvater Leonardo.

Hör zu, wenn wir die Wohnung den *marnarìd* geben, sehen wir das Geld zur Hälfte jetzt und die andere Hälfte tröpfchenweise.«

»Denkst du etwa, dass es viele gibt, die dir alles auf die Kralle zahlen?«, erwiderte Papa.

Allmählich gingen weniger Leute vorbei. Die Kellner schauten sich kaum noch um, bevor sie die Straße überquerten, sie vertrauten der Stille rundherum. Plötzlich fühlte ich Hitze im Gesicht und Schwere auf den Augen, die vom vielen Gähnen wässrig waren.

Auch ich verlor etwas. Das wurde mir schlagartig klar, während die beiden stritten, während die Stille zunahm und sich alles in den Schatten zurückzog. Auch ich verlor etwas. Im Grunde hatte auch ich Erinnerungen, an meine Cousins, die kleinen Mädchen, die Großeltern, das laue Meer, dessen Geruch bis in die Zimmer aufstieg, einfach weil ich wusste, dass die Wohnung da war. Der Schauplatz der Kindheit. Und dass es sie gab, weit weg, dass darüber geredet wurde, wenn auch immer wie von einem Unglück, war nicht nur der Anstoß, um die Erinnerungen aufzufrischen, sondern die einzige

Art, sie am Leben zu erhalten. Wenn es dieses Wissen nicht mehr gab, wenn ich die Wohnung in den unendlichen Kreis der Dinge einreihen musste, die nicht mehr mir gehörten, würde ich sie bald vergessen, und damit würden auch jene mit Spielen und Spaziergängen zum Meer und durch die Felder angefüllten Tage verblassen. Das wollte Großmutter Anna mit ihrem Geschrei ausdrücken. Sie wollte sagen, dass man ihr nicht die Bilder der Zeit nehmen sollte, die zu ihrem Leben als Frau und Mutter und noch davor als Mädchen gehörte. Und sie wollte sagen, dass auf jene Jahre und die Emigration keine andere Zeit gefolgt war, in der sie gute Erinnerungen hätte sammeln können, um im runzeligen Alter davon zu zehren. Kurz und gut, sie kämpfte darum, ein Verhältnis zum Raum zu bewahren, da man das Verhältnis zur Zeit nicht bewahren kann.

»Dann geben wir sie ihnen halt!«, platzte Großvater heraus. »Morgen klingelt die sowieso wieder bei uns. Sie hat schon gesagt, dass sie den Notar kennt, ich habe auch verstanden, wessen Sohn das ist und dass wir Montag gleich hingehen können. Wir unterschreiben die ersten Papiere, und später kommt dann noch mal jemand anders, um den Rest zu regeln.«

»Morgen gehen wir zusammen rüber, Babbo, um mit ihnen zu reden.«

»Wenn's nur hinterher keinen Ärger gibt, Riccà! Ich fühle schon, dass dieses Geld verflucht ist.«

Papa sah ihn erstaunt an. Babbo trank Mineralwasser und ballte die von bläulichen Adern durchzogene Hand zur Faust.

»Ich meine, dass wir das erste Geld nicht zu gleichen Teilen aufteilen können, und du weißt es. Du weißt, dass die Trattoria deines Bruders gerade sehr schlecht läuft.« Papa schüttelte angeekelt den Kopf. »Da, siehst du? Siehst du?«, brüllte Großvater, die Faust hebend, und blickte auch mich an.

»Nein, nein, Babbo, um Himmels willen«, unterbrach ihn mein Vater und streckte beschwichtigend die Hand aus. »Glaub nicht, dass ich wegen dem Geld so ein Gesicht mache. Das ist mir egal, du weißt es. Mich stört bloß, dass im Hause Russo immer der Hilfe kriegt, der den größten Blödsinn macht, und nicht der, der sie am meisten braucht«, sagte er ernst, indem er die letzten Spaghetti am Tellerrand aufhäufte.

Großvater atmete tief durch: »Begreifst du eigentlich, dass ich bald krepieren muss und euch immer noch nicht trauen kann, wenn ihr was sagt?« Endlich krachte die Faust herunter, begleitet von einer Salve von Schimpfwörtern.

Papa drehte sich um und blickte in die Ferne, er wandte uns fast den Rücken zu. Der Platz vor dem Restaurant hatte sich geleert, nur ein Liebespärchen saß noch da, ganz hinten, auf der anderen Seite.

Es waren nicht nur die Gleichgültigkeit, die Nachlässigkeit, die harte Schale des Egoismus der Einzelnen, die eine gute Lösung verzögert hatten. Alle vier Geschwister dachten, das Wort des anderen sei Lüge, Opportunismus. Das hatte Spuren hinterlassen, hatte gegärt und schließlich zu Verbitterung geführt. Und dann die Ehefrauen, die Ehemänner, die Kinder, alle bereit, blindlings die erstbesten Behauptungen mitzutragen, einfach so, und anzutreten wie Soldaten, ohne etwas zu wissen oder zu verstehen.

Was mich anging, war ich immer fassungsloser, dass mein Vater in meiner Gegenwart über diese Dinge sprach. Dass er mich zum ersten Mal nicht mit seinen schroffen Blicken verjagte, oder diesen anderen, verhassten, spitzen, sondern seine Wut und Enttäuschung direkt hier vor mir ausspuckte, während ich noch aus Respekt den Kopf auf den Teller gesenkt hielt und auf der Tischdecke das Brotinnere zu Kügelchen drehte. Unser Verhältnis war von jeher so klar auf die jeweilige Rolle festgelegt gewesen, er der Vater und ich der Sohn / Junge / Nicht-Mann, dass ich mich angesichts dieser Geständnisse keinen Augenblick der Illusion hingab, zwischen uns habe sich etwas geändert. Mein Vater ist spontan konsequent. Also unfehlbar. Manche seiner Geheimnisse wird er mir vielleicht verraten, wenn sich mein Leben geändert hat. Wenn ich meine Tage woanders verbringen werde als in dem Haus, in dem wir zusammen gelebt haben, das ja sein Haus ist. Wenn Bibliothek, Freunde, im Zimmer verstreute vollgekritzelte Blätter ihm nicht mehr unter die Augen kommen. Wenn er auf meinem Gesicht die Müdigkeit des Hin und Her zwischen Arbeit und Zuhause sehen wird und um meinen Mund eine feine Falte, in der nur er allein das Zeichen eines Lächelns erkennen kann, das uns wieder annähert.

Kaffee und Limoncello wurden gebracht.

»Das schickt euch Ninetto, er hat euch gesehen und erwartet euch drinnen, um ›abzurechnen‹«, sagte der Kellner lächelnd.

»Vielen Dank«, erwiderte Großvater Leonardo, »sag ihm, dass ich gleich komme.«

Er betrachtete den dickflüssigen gelben Likör in dem Gläschen und sog seinen Duft ein. »Nicò, trink du das, ich darf solche Sachen nicht mehr anrühren.«

Ich hob sein Gläschen an die Lippen. Papa warf mir einen Blick zu, der mich befangen machte.

»Das Ekelhafte ist, dass man die Gründe für diese ganze Anmaßung und Gemeinheit nicht mehr findet«, sagte er.

»Ihr tut mir leid, weil ihr nicht einmal vor eurer Mutter Respekt habt, die euch und eure Kinder bis gestern aufgezogen hat. Ihr seid wirklich erbärmlich … und auch du, Riccà, du bist intelligent, aber du tust mir auch leid.« Er schlürfte seinen Espresso bis zum letzten Tropfen.

Papa machte es ihm nach, und dann sprach er weiter, immer noch seinem Vater in die Augen blickend, immer noch zu ihm gewandt, um meine reglose Silhouette auszublenden.

»Bestimmt habe ich Fehler begangen, so viele du willst, aber was das Geld von der Wohnung betrifft, will ich mir nichts zuschulden kommen lassen. Das muss dir klar sein. Glasklar, Babbo!« Die letzten Wörter stieß er voller Zorn hervor. »Ich bin nur hier, weil es auf der Strecke zu meinem beruflichen Termin lag.« Er nippte an seinem Gläschen und schnalzte mit der Zunge. »Und was die andere Geschichte angeht, will ich, dass du mir glaubst, Babbo, du musst mir glauben, verstanden?«, sagte er drohender. »Als ich am Sonntag vorbeigekommen bin, um mich zu erkundigen, wie es meinen Geschwistern geht, und so zu tun, als wäre nichts, da habe ich nur Anmaßung und Gemeinheit erlebt.« Er zündete sich eine Zigarette an. »Glaubst du etwa, dass nur du darunter leidest? Was weißt du denn davon, was ich als Sohn empfinde, hm?« Er legte die Hand an die Schläfe, um nicht meinem Blick zu begegnen.

Großvater Leonardo seufzte geräuschvoll, ohne zu antworten. Er sah niedergeschlagen aus, so einen Ausdruck hätte ich seiner Gestalt eines Kriegers nie zugetraut. Dabei war es nur der erste von vielen, die sich in diesen letzten Tagen in der Wohnung am Meer auf seinem Gesicht abzeichneten.

Papa saß da, den Kopf in die Hand gestützt, wie bestimmte Figuren von Picasso. Wie viel von seinem Leben kenne ich noch nicht? Wie weit geht meine Unfähigkeit, ihn zu verstehen? Und wie weit seine Sturheit, mir nichts von sich sagen und alles über mich wissen zu wollen? Und wie wird sich das Verhältnis zwischen diesen beiden Fehlern, meinem und seinem, im Lauf der Zeit verändern? Welche Gräben und Entfernungen werden sich dabei auftun? Das fragte ich mich, während ich auf meinem Stuhl schaukelte und ins Leere starrte.

Sobald Großvater aufstand, um zu Ninetto hineinzugehen, folgte Papa ihm genau wie ein Sohn. Ein kleiner Sohn.

»Du bleib hier«, sagte Großvater ernst. Mein

Vater ging zum Rand des Bürgersteigs und ließ mich allein. Nun konnte er in die Ferne blicken, doch boten die Dunkelheit und der frei schweifende Blick wohl auch ihm jetzt nur mageren Trost.

Zehn Minuten später erschien Großvater Leonardo, Arm in Arm mit einem untersetzten Herrn, auf dessen Oberlippe ein dichter schwarzer Schnauzbart zitterte. Großvater winkte mich heran und stellte mich Ninetto vor. Er sagte ihm, ich sei Gymnasiallehrer, und der andere antwortete: »Donnerwetter!«

»Und Papa?«

»Macht einen Verdauungsspaziergang.«

»Dann gehen wir jetzt auch. Wir haben so viel zu verdauen ...«

Die zwei Alten umarmten und küssten sich. Und Ninetto küsste auch mich, indem er mir mit seinem lustigen Schnauzbart über die Wangen fuhr.

Die Altstadt von Barletta war wie ausgestorben, auf den Straßen standen keine Tische mehr. An den Straßenecken waren kleine Abfallhaufen aufgetaucht, an denen sich ein paar Katzen zu schaffen machten. Was blieb, war das gelbe Licht, erholsamer als die Dunkelheit.

Auf dem ganzen Weg zeigten Großvater und Papa immer wieder mit den Händen auf das Haus von diesem oder jenem, versuchten sich zu erinnern, wer dieses oder jenes Geschäft betrieb und wer der Besitzer war, um sich zu zwingen, Wohnung und Familie zu vergessen, jetzt, da die Nacht gekommen war.

Hinter einer Straße deuteten sie auch auf eines der alten Bordelle von Barletta, »La Batteria« hieß es im Dialekt. Babbo erzählte, eines Tages habe ihm ein *compare* geschworen, er habe Onkel Mauro dort herauskommen sehen.

»Ich habe zu ihm gesagt, wenn er meinen Sohn dort gesehen habe, so gäbe es dafür nur einen Grund. Daraufhin war er still. Und na ja, einmal hat auch Mimmo diese Dummheit gemacht … Wir sind schließlich Männer!«, sagte er lachend.

Wenn sie über Barletta redeten, sprachen sie Dialekt und verfielen nur ins Italienische, wenn sie sich an mich wandten, obwohl ich sie ja bestens verstand. Ich erinnerte weder meinen Großvater noch meinen Vater an diese Stadt, sie riefen sie sich vielmehr mithilfe der Namen von alten Freunden, Straßen, Kirchen und Bordellen gegenseitig ins Gedächtnis. Ich bin der letzte Zeuge dieser Zweisprachigkeit. Mein Sohn wird einen Großvater haben, der ziemlich gutes Italienisch spricht und ihm gegenüber niemals seine ursprüngliche Sprache verwenden wird. Wenn Großvater Leonardo einmal nicht mehr da ist und es auch die Wohnung am Meer nicht mehr gibt, werden wir tatsächlich alle zu Mailändern, werden keinen Dialekt mehr haben und die Erinnerung an die Ursprünge der Familie nicht bewahren können, mit denen ich noch aufgewachsen bin, weil ich die letzten Protagonisten jenes Lebens kannte, das gleich um die Ecke und doch so anders ist, das Leben, das aus Eimern voll Schmutzwasser besteht, die auf die Straße geleert werden, aus Analphabeten, aus nachts tropfenden Zisternen. Mit meiner Geburt und dem Tod der Großeltern beginnt eine neue Geschichte, und die Spuren der vorherigen werden sich bald verlieren, da wir weit weg sind von jenen Orten und jener Sprache und nur noch recht wenig davon begreifen. Es wird eine neue Geschichte sein, abgelöst von der anderen, die von Anfang an mit dem Dialekt, mit Apulien, mit dem Krieg und den Bauern verbunden war, diesen Männern, die völlig erschlagen von den Veränderungen der letzten Jahre und doch unversehrt vom Gewicht der gleichen Jahrhunderte im Jahr 2000 angekommen sind.

Nach dem Zeitungskiosk *du Russ* bogen wir in die Via Mazzini ein und dann in die Via Garibaldi. Da war sie, die Wohnung, im dritten Stock, die Fensterläden, die auf die des Jungen mit den kastanienbraunen Locken hinausgingen, noch geschlossen. Die Risse, vor allem unter dem Küchenbalkon, sah man sogar jetzt in der Dunkelheit genau.

Ich ging allein vor und schloss auf. Papa wartete auf Großvater und passte sich dessen Schritt an. Hinter der Tür, ordentlich aufgereiht, fand ich vier Plastikflaschen mit Wein und mit Öl, und in der Ecke einen Kasten Mineralwasser. Das war die Tochter von *'mbà* Vcìnz. Schön und gut, die junge Frau, dachte ich.

Die Zisterne tropfte gleichmäßig wie ein Sekundenzeiger. Ich zog das Bett unter dem Vitrinenschrank hervor und breitete ein weißes Laken über die ausgerollte Matratze. Der Duft des gefalteten Lakens unten im Koffer erinnerte mich an meine Mutter, und langsam, nach mehreren Übergängen, die ich nicht mehr weiß, war ich schließlich in Gedanken bei ihrer Mutter, Großmutter Caterina, die hier in der Nähe lebte, in San Ferdinando. Zwanzig Kilometer von der Wohnung am Meer entfernt.

Seit Großvater Giacinto gestorben war, verbrachte Großmutter Caterina ihre Tage abgeschieden zu Hause zwischen Küche und Wohnzimmer. Stundenlang hockte sie auf ihrem Stuhl, die Nadeln in den Händen und das Knäuel in der Tasche, und häkelte Spitzendeckchen. Ihre Schränke waren voll davon. Früher, solange der Großvater lebte, strickte sie für die Enkel wollene Pullover mit selbst erfundenen Mustern, die immer voll im Trend lagen. Dann war Schluss. Jener Tod hat ihr die Lust genommen, für andere da zu sein. Sie war in eine Trägheit verfallen, die ihr gerade noch gestattete, sich um sich selbst zu kümmern, eine letzte Verpflichtung, die man nicht einmal mehr aus Überzeugung erfüllt, sondern aus einer unbewussten Form des Respekts heraus, vielleicht ein biologischer Respekt, den wir dem Leben zollen, auch wenn es zerstört ist.

Großmutter Caterina schläft nur wenige Stunden pro Nacht, höchstens vier. Vielleicht saß sie auch jetzt da und arbeitete an ihren Deckchen, die Häkelnadel zwischen die steifen Finger geklemmt, die sich schnell über der schwarzen Schürze bewegten. Großmutter Caterina! Sie küsste mich nicht andauernd wie Großmutter Anna, aber an den wenigen Sommertagen, die ich in San Ferdinando verbrachte, hakte sie sich bei mir ein und spazierte mit mir den Bürgersteig entlang bis zur Straßenecke, wo wir um die Straßenlaterne herumgingen, um den Rückweg anzutreten. Nur für diesen Ausgang nahm sie die Schürze ab, zupfte ihr Kleid zurecht und steckte ihre Haarnadeln fest, wodurch sie ihm die Bedeutung eines Rendezvous verlieh und ich mich erwachsen fühlte. Sie hat uns nie etwas vorgeworfen, nicht einmal, dass wir uns viel zu selten blicken ließen oder dass uns ihre Einsamkeit egal sei. Großmutter Caterina ist ein freier Geist.

Der Wecker, von dem wir am Morgen erwachten, nicht später als sieben, tönte laut und heiser: *»Vulìt i canulìcch! Canulìcch e cozz! Canulìcch e cozz alla prova!«* Er bot frische Muscheln zum Verkauf an.

Papa lag neben mir, unter dem Laken zusammengerollt. Zu Hause hatten wir nur ein Mal im selben Bett geschlafen, als Mama mit Laura nach San Ferdinando gefahren war. Er öffnete die Augen, während ich mir die kurzen Hosen anzog.

»Vielleicht ist die Stadt ja nicht mehr dieselbe wie in deiner Jugend, aber Leute, die auf der Straße herumschreien, gibt es immer noch«, sagte ich zu ihm.

»Los, schnell, geh nachschauen, ob es ein alter Mann im Unterhemd ist, der da ruft, mit einem Hut auf dem Kopf.«

»Ja, er hat auch eine Schüssel dabei, die am Sattel befestigt ist«, antwortete ich vom Balkon aus, während der Alte weiter laut rufend die Straße hinunterradelte.

»Dann ist es immer noch derselbe.«

»Ich konnte diese Dinger nie essen«, sagte ich, bezogen auf die *canulìcch,* lange gelbe Muscheln, die in der harten Schale zucken und so gegessen werden, roh, mit einem Spritzer Zitrone, bei dem sie sich winden wie Schlangen.

»Erinnerst du dich, wie viele der Großvater immer mitbrachte? Wirst sehen heute ... Er ist schon *canulìcch* und Miesmuscheln sammeln gegangen, wie der, der da unten schreit.«

In der Küche stand die Espressokanne mit geöffnetem Deckel auf dem Herd. Ich schüttete den kalten Kaffee in den Ausguss und setzte einen neuen auf. Als ich im Küchenschrank herumsuchte, fand ich vom Schimmel gebleichte Nudelpackungen, Schachteln mit Zwieback, die ich nicht zu öffnen wagte, und Dosen mit Salz und Zucker, die zu Stein verklumpt waren. Ich warf alles mit der gleichen Unbefangenheit weg, mit der Papa Bettdecken und Tagesdecke entsorgt hatte. Ganz hinten, aufeinandergestapelt, lagen die Zündholzschachteln, die ich mit Großvater auf dem Rückweg von der Sektion bei *u' Russ* gekauft hatte.

Die Espressokanne begann zu gurgeln und die Küche mit Duft zu erfüllen. Die Tässchen in der Vitrine mussten bestimmt desinfiziert werden, deshalb nahm ich zwei Milchkaffeetassen vom Abtropfgestell, die Großvater schon gespült hatte.

Papa saß mit gelangweiltem Gesicht am Tisch. Immer noch kamen Sonne und salzige Luft herein.

»Bist du bereit für die Terrasse?«, fragte er.

»Wird das so schwierig?«

»Du hast sie gar nicht aufgemacht, als du hier warst, stimmt's?«

»Nein, der Rest hat mir gereicht. Außerdem hast du es mir selber verboten.«

»Wenn die Tauben neue Nester gebaut haben, wird das der Wahnsinn. Dann müssen wir uns mit Stöcken bewaffnen, weil die, die brüten, nicht wegfliegen. Man muss sie mit einem Schlag auf den Kopf erledigen«, sagte er angewidert. »Das kannst du dir nicht vorstellen ...«

Großvater Leonardo kam nach Hause, mit einer Plastiktüte voller Wasser, nass gespritzter Hose und außer Atem. In der anderen großen Tüte, die er in der Hand hielt, sei ein Fischernetz, sagte er.

»Erst erschlagen wir die Tauben, und dann spannen wir dieses Netz auf halber Höhe über die ganze Terrasse.« Er sog den Kaffeeduft ein und goss sich etwas in meine Tasse, ohne sie auszuspülen. »Die hier muss man zur Reinigung in Salzwasser legen«, sagte er und zeigte auf die *canulìcch*.

»Hör mal, Opa, ich esse diese Dinger aber nicht.«

»Du hast eben keine Ahnung, das wissen wir ja, du bist aus Polenta.« Damit ließ er Wasser in eine Schüssel laufen, die er unter der Spüle hervorgezogen hatte. Als er im Küchenschrank kein Salz mehr fand, sah er mich missbilligend an und befahl mir, bei der Nachbarin welches zu holen. »Sag ihr, dass wir nachher vorbeikommen, um über die Wohnung zu reden.«

In der einen Minute Gespräch gelang es der Signora, mir Körbe mit noch mehr Pfirsichen, kleinen Birnen, schwarzen Trauben und wer weiß was noch alles in die Hand zu drücken. Ablehnen war unmöglich, weil sie um Erlaubnis bat, mir etwas Obst mitgeben zu dürfen, während sie mir die schon hinter der Türe bereitstehenden Körbe auf die Arme lud. Papa sah mich wieder mit seinem gewohnten machiavellischen Ausdruck an.

»Wenn wir nicht bald loslegen, kommt die Gluthitze.«

»Sind denn Tauben da?«, fragte Papa.

»Und ob, Riccà, und ob. Das wird ein richtiger Krieg.«

Auch in diesem Krieg kämpfte nur Großvater. Wir hörten in gewisser Weise davon reden. Nach dem Öffnen der Terrassentür sah ich eine Unmenge grauer Vögel, eine unendliche Anzahl von Augen, die uns gleichgültig und verängstigt anstarrten. Sobald die Türe zu quietschen begann, stank es erbärmlich nach Exkrementen, die den gesamten Boden bedeckten. Brechreiz schüttelte mich, und ich kehrte hastig um. Großvater Leonardo begriff, dass er mich verloren hatte, und ging kopfschüttelnd raus.

Nur wenige Minuten später kam auch mein Vater zurück, leichenblass trocknete er sich die Lippen und lehnte sich kraftlos an die rauschende Zisterne.

Die Hitze im Speicher war erstickend. Doch das Dachfensterchen auch nur einen Spalt zu öffnen, hätte bedeutet, wieder von dem entsetzlichen Geruch überwältigt zu werden. Andererseits trauten wir uns auch nicht, hinunterzugehen und Großvater völlig allein zu lassen. So blieben wir stehen, unfähig zu handeln oder uns zurückzuziehen, bewegungslos, triefend vor Schweiß in unseren Hemden.

Papa rief Großvater und nötigte ihn, eine Schutzmaske aufzusetzen, die er von daheim mitgebracht hatte, und zuletzt riss Großvater sie ihm aus der Hand und setzte sie auf unter der Plastiktüte, die er sich übers Gesicht gezogen hatte, um sich vor Schnabelhieben zu schützen. Ab und zu machte er eine kurze Pause, trank Wasser, behielt einen Schluck im Mund, gurgelte und spuckte wieder aus. Sein Atem spielte sofort verrückt, hämmerte wie mit Fäusten in seiner Brust. Aber es bestand keine Chance, etwas zu sagen, jetzt, nachdem wir ihn allein gelassen hatten.

Papa wusch sich Gesicht und Hals am Waschbecken auf dem Speicher. Voll Wut atmete er tief durch und riss ohne weiter nachzudenken die Tür auf.

»Großvater kickt die toten Viecher hier rüber«, sagte er starr und deutete auf die Tür, »ich sammle sie mit der Schaufel ein, und du hältst den Sack auf. Los, komm schon.«

Ich gehorchte.

Draußen spielte sich eine Horrorszene ab. Das Schlachten dauerte fast eine Stunde. Babbo keuchte bei jedem Schlag vor Anstrengung. »Zum Teufel mit der Scheißwohnung«, rief er, »gottverdammte Scheiße!« Wir füllten einen ganzen Müllsack mit Vogelleichen und einen zweiten mit den über die Terrasse verteilten Exkrementen und Federn.

Als er die letzte Taube erschlagen, die Wohnung zum letzten Mal verflucht hatte, kam Großvater zurück in den Speicher, riss sich wütend die Maske vom Mund und warf die Plastiktüte auf den Boden, die an seinem hochroten Gesicht festgeklebt war. Er begann ins Waschbecken zu spucken, schüttete sich Hände voll Wasser ins Gesicht, um sich zu beruhigen und abzukühlen.

»Mach mir eine Karaffe mit Zitronenwasser und Zucker«, sagte er, ohne den Kopf unter dem Wasserstrahl wegzunehmen.

Ich lief zur Tochter des Weinhändlers hinunter, um eine Packung Zucker zu holen und mir ein paar Zitronen zu borgen.

Auf der Treppe traf ich Papa, der den schwarzen Müllsack wegbrachte. Ganz bleich und deprimiert.

Großvater Leonardo trank zwei Krüge von der Limonade. Ich umarmte ihn, legte meinen Kopf an seinen Nacken, und er brummte: »Dein Vater hatte wohl recht, als er sagte, du wärst hier keine Hilfe.« Ich zog mich zurück, und er schenkte sich noch einmal zu trinken ein. »Schlappschwänze seid ihr, einer mieser als der andere, Vater und Sohn«, sagte er, aus dem Fenster blickend.

Ich kletterte die wackelige Stiege hinauf, schloss den Wasserschlauch an, setzte mir die Maske und die Plastiktüte auf und begann, den Fußboden abzuspritzen. Der Wasserstrahl spülte den ekligen Dreck in die Ecken. Ich fand sogar den Mut, ihn mit der Schaufel zusammenzukratzen und alles in einen weiteren Sack zu befördern. Unter der immer sengenderen Sonne machte ich eine unbestimmte Zeit so weiter. Mitten in der Katastrophe saß noch eine versprengte Taube; als sie plötzlich das Wasser auf sich spürte, flog sie ohne Schwung davon.

Papa kam dazu und begann, parfümierte Chlorbleiche auf den Boden zu leeren. Wir schrubbten mit Scheuerbürsten, so gut es ging, und neuer Schmutz stieg auf wie aus einer unterirdischen Quelle. Wir spülten mit Wasser nach. Schütteten noch mehr Chlorbleiche aus. Bis wir wegen der Gerüche und vor Hitze völlig erschöpft waren.

Wir mussten nicht einmal warten, dass der Boden trocknete, so knallte die Sonne herunter. An das schwankende Geländer geklammert, stieg Babbo noch einmal herauf und gab der Tür einen Tritt. Er keuchte wieder wie ein Blasebalg. Wir entfalteten das engmaschige Fischernetz, breiteten es nach seiner Anweisung auf dem Fußboden aus und knoteten die Ecken an langen Eisennägeln fest, die wir in Höhe des Fensterbretts einschlugen.

»Dieses Netz hält was aus. Das kriegen nicht einmal die Adler kaputt«, sagte Großvater überzeugt mit kaum hörbarer Stimme. »Und außerdem wackelt es, so können die Tauben sich nicht draufsetzen.«

»Wenn du es sagst«, erwiderte mein Vater und verzog den Mund.

»Ich bin mir absolut sicher. Du überprüfst die Nägel.«

Bald war der neue Netzboden fertig, der verhinderte, dass man die Terrasse betrat. Nun hatten die Tauben nichts mehr davon, wir aber auch nicht.

»Mit der Terrasse haben wir abgeschlossen«, sagte Papa.

»Nach und nach schließen wir mit allem ab. So wahr es die Muttergottes gibt«, antwortete sein Vater, zog die Tür hinter sich zu und drehte zweimal den Schlüssel um.

In der Küche zwang Großvater Leonardo uns, zwei Gläser von seiner süßen Limonade zu trinken. Keiner blickte den anderen an.

»Wir haben nichts zu essen im Haus«, sagte Papa missmutig.

»Jetzt legen wir uns ein bisschen hin, und dann gehst du runter, Nicò, und kaufst uns Focaccia in dem Feinkostladen an der Allee. Die haben auch sonntags geöffnet.«

»Bist du sicher, dass es den Laden noch gibt?«

»Ja, auf dem Rückweg vom Meer habe ich ihn gesehen.«

Um nicht wieder das Bett unter der Vitrine hervorzuziehen, wofür man erst den Tisch im Wohnzimmer ganz nach hinten schieben und die Stühle neben den Balkonfenstern stapeln musste, überredete ich Papa, sich im Schlafzimmer neben Großvater hinzulegen. Er sah mich mit erloschenen Augen an, mit der Miene eines Menschen, der beschlossen hat, alles laufen zu lassen.

Ich blieb im Wohnzimmer, wo jetzt ein heißer Wind hereinwehte, der meine Übelkeit verstärkte. Ich versuchte, den Gedanken an die toten Vögel zu vertreiben, indem ich mit den in der Obstschale verstreuten Spielkarten Kartenhäuser baute.

Von draußen hörte man, wie rundum die Tische für das sonntägliche Mittagessen gedeckt wurden. Ich hatte noch nicht gegessen, und schon machte die Langeweile des Nachmittags mir einen schweren Kopf. Als Kind war das die schrecklichste Vorstellung gewesen. Die Freude, mit den Großeltern und dem Cousin zu verreisen, zerbröckelte bei dem Gedanken, die nachmittägliche Glut aushalten zu müssen, und am schlimmsten war der Sonntagnachmittag. Wenn Giovanni einschlief, blieb ich allein in dem Halbdunkel, in der Hitze, die an der Haut klebte, gezwungen, ohne die geringste Müdigkeit bewegungslos dazuliegen und auf die Uhr zu starren. Mehr als die Nacht erschreckte mich diese Stille, in der jedes Verrücken von Gegenständen, jeder Schritt nachhallte und die Großeltern wecken konnte, die mich dann ausschimpfen würden. Da war mir die Dunkelheit der Nacht lieber, sie lähmte wenigstens vor Angst, bewirkte, dass ich mich zusammenkauerte und mit gespitzten Ohren auf den Atem des Großvaters lauschte, der mich mit seinem kräftigen Schnarchen beruhigte, mir versicherte, dass ich unter seinem Schutz stand und mich nicht in dem Schatten aufgelöst hatte. Diese steinerne Hitze aber, dieses Licht, das zwischen den Fensterblenden durchsickerte und das einem nicht ins Gesicht scheinen durfte, empfand ich als Tortur. Oft sagte ich zu Großvater: »Warum schläfst du denn nicht morgens etwas länger, dann können wir als Alternative zum Nickerchen mal etwas unternehmen?« Doch er antwortete, dass es, wenn man aufs Feld gehen oder Meeresfrüchte sammeln wollte, keine Alternative zu den frühen Morgenstunden gab.

So begann ich zu lesen: aus Angst, die Langeweile würde mich umbringen. Wenn dieser Esel von Giovanni tatsächlich einschlief oder keine Lust hatte, mit klappernden Puppen gegen den Großvater Krieg zu führen, was man ja auch nicht alle Tage tun konnte, rückte ich den Stuhl ans Fenster, klemmte die Zehen in die Ritzen zwischen den halb geschlossenen Läden und las. Da ich nichts erleben durfte, malte ich mir das Leben der anderen aus.

Wenn ich es satthatte, spähte ich durch die Lamellen auf die sonnenbeschienene Straße, und noch als ich klein war, erkannte man das Meer und die Antennen auf den Dächern der Häuser. »Ich will wieder nach Mailand, wo es diese Mittagshitze nicht gibt«, quengelte ich, wenn Großmutter aufstand.

Auf Zehenspitzen stieg ich die Treppe zur Terrasse hinauf. Während Großvater die Tauben erschlug, hatte ich aus einem groben Sack hinter der Zisterne Eimerchen und Schäufelchen herausschauen sehen. Aber bestimmt würde ich da noch andere Dinge finden. Vor der Abreise hatte Großmutter Anna zu mir gesagt, dass neben der Zisterne auch eine Tasche voller Fotografien und Krimskrams stehe, die sie so gerne bei sich haben würde in den Tagen der Einsamkeit, und das waren für sie alle Tage, an denen nur wenige Enkel bei ihr vorbeikamen.

Ich kniete mich hin und stöberte in dem Sack. Sobald ich die ersten Spielsachen vom Meer wiederfand, ließ ich mich auf den Boden fallen, saubere Hose hin oder her. An den Schäufelchen und Eimerchen klebten noch Sandkörner, und auch, als ich die bunten Bocciakugeln in der Hand wog, fühlte ich sie. Es handelte sich um Sand von vor zwanzig Jahren, und er war noch nicht zerfallen und verschwunden. Das wären die richtigen Körnchen gewesen, die Atome, damit hätte ich die Sanduhr meiner Zeit füllen können. Mit der festgebackenen Erde meiner Kindheit.

Ich zündete mir eine Zigarette an, rücklings an die Stahlwand der Zisterne gelehnt. Es war heiß. Ich beobachtete einen Ameisenzug, der aus einem Loch in der Mauer herauskroch. Durch das weit geöffnete Fensterchen kam ein Geruch nach Scheiße und Chlorbleiche herein, der mir keine Übelkeit mehr verursachte. Ich stand auf, tauchte die Arme in das Wasserbecken und machte mein Gesicht nass.

Zigarettenasche fiel in den Sack, vermischte sich mit dem Sand, der nach unten gerieselt war. Ich fand auch die farbigen Murmeln, mit denen wir am Strand auf vorgezeichneten Bahnen spielten. Dazu nahmen Giovanni und die Freunde vom Meer mich an Armen und Beinen und zogen mich mit dem Hintern durch den Sand. »Wir nehmen dich, weil du der Mickrigste bist«, sagten sie zu mir. Zum

Trost erzählte Großmutter mir, meinem Vater sei es genauso ergangen, er wurde »Hungersnot« genannt.

In der mit einer Schnalle geschlossenen Tasche fand ich alte Schulhefte, darin standen Sätze wie: »Meine Mutter heißt Anna«, »mein Vater heißt Leonardo«. Papas Heft war das unordentlichste von allen, er war unfähig, eine gerade Zeile zu schreiben, auch auf liniertem Papier.

Ich griff nach einem völlig zerfledderten Buch. Auf dem Titelblatt stand in Schönschrift mit großen Buchstaben der Name der Großmutter, »Anna Lofrate. Erste Klasse Mädchen«. Es war ihre Abc-Fibel: ein Buchstabe, eine Zeichnung in der Mitte der Seite. Darunter klein gedruckt noch mehr Wörter mit demselben Anfangsbuchstaben: Ameise, Affe, Arbeit, Abend, Acker.

Aus einer Seitentasche kam ein Packen mit einem Band verschnürter Fotos zum Vorschein. Wenige, ehrlich gesagt. Alle von den Onkeln und dem Großvater in Militäruniform. Ordentlich mit kahl rasiertem Kopf und schräg aufgesetzter Mütze. Großaufnahmen, auf denen die Form der Nasen, der Schnitt der Augen, die Andeutung des Lächelns an Vater und Mutter und spätere Kinder erinnerten. Alles wirkte gleichzeitig stimmig und unstimmig.

Doch das schönste Foto fand ich ganz zuletzt. Als die Hitze mich schon zermürbt hatte. Und ich lachte so schallend los, dass meine Stimme durch den Dachboden hallte. Großvater Leonardo mit Kolpak zwischen vier ebenfalls pelzbemützten Freunden, im Hintergrund der Rote Platz und der Kreml. Großvater war der Zweite von links. Um ihn herum standen seine Lieblingsgenossen aus der Sektion: *'Mbà* Pasquà, *'mbà* Nandìn, *'mbà* Vcìnz und sein Freund Ciccillo, mit blauen Augen, die aus dem safrangelben Schal herauslugten.

Auch ich hatte von dieser »Pilgerreise« gehört. Ein sehr ungewöhnliches Ereignis, denn Großvater Leonardo war nie gereist, außer im Krieg. Nie hatte er die wichtigsten Städte Italiens besucht, außer ein paar davon in spätem Alter, herumkutschiert von seinen Kindern. In Rom zum Beispiel war er nur anlässlich der Beerdigung von Palmiro Togliatti 1964 gewesen, mit einem Bus der Sektion, der morgens von Barletta losgefahren und nachts zurückgekommen war.

Damals, als er mir andeutungsweise von dieser Reise berichtet hatte, ich könnte nicht genau sagen, wann, hatte er, erinnere ich mich, stolz in Hochitalienisch, der gehobenen Sprache, erzählt, dass er im Zug quer durch Europa gefahren und nach fast zwei Tagen im tief verschneiten Moskau angelangt war. Dort habe er viele Dinge begriffen, sagte er. Sie jemandem zu erklären, der nie dort gewesen sei, habe keinen Sinn.

Wunderbar, diese Männer im besten Alter mit ihren lebhaften Augen. Sie erinnerten an das Plakat des Films *Amici miei (Ein irres Klassentreffen)*. Schade, dass Großvater jetzt gar nicht in der Sektion hatte vorbeigehen wollen, überzeugt, dass er lauter andere Leute vorfinden würde, andere alte Männer, jünger als er, jedenfalls keinen seiner Freunde, die er für immer verloren hatte trotz der gemeinsamen Ideen, der Fotos, der Pelzmützen.

Ich war völlig verschwitzt, nur mein Rücken war eiskalt vom Metall der Zisterne. Ich schob das Foto unters T-Shirt, und es klebte an meinem Bauch fest wie ein Saugnapf. Als ich es dann in das Buch von Proust legte, sah ich, dass auf der Rückseite stand: »1966«. Ich zog das Datum mit einem schwarzen Stift nach. Nebenan standen sie gerade auf.

Mein Vater gab beim Aufstehen wie immer Geräusche von sich wie ein Gorilla. Babbo lachte und fragte mehrmals: »*Sì for d'cap?* Bist du übergeschnappt?« Vielleicht würde der Nachmittag leichter werden.

Gegen halb drei aßen wir unsere Focaccia. Die Nachbarin brachte einen Teller Mozzarella und bat gleichzeitig um »die Erlaubnis, uns zum Abendessen einladen zu dürfen«. Papa musste hinübergehen und zusagen. Genervt kehrte er ins Wohnzimmer zurück, beklagte sich über die *marnarìd*, die ihm zu aufdringlich waren. Babbo antwortete, sie hätten ganz recht, es so zu machen, das sei eine Familie, die wisse, was sich gehört.

»Wir waren noch nicht am Meer«, sagte ich, indem ich mir einen Fingerhoch Weißwein einschenkte.

»Du warst noch nicht am Meer. Ich habe *canulìcch* gesammelt.«

»Warum trinken wir den Kaffee nicht in der Bar am Strand?«

Es gelang mir, sie zu überreden. Durch den Türspalt, aus dem Frittiergestank drang, sah die Nachbarin uns die Treppe hinunter verschwinden. In der Nachmittagsglut überquerten wir die sonnige, leere Straße. Der heiße Wind nahm einem den Atem, kein Mensch zu sehen, kein Schatten, nirgends. Großvater begann sich mit dem Taschentuch die Stirn abzutupfen, und Papa betrachtete die flockigen Wolken.

»Das ist die Hitze, bei der das Vieh zusammenbricht«, sagte Babbo mit Blick auf sein Taschentuch. Dann führte er uns zur Abkürzung durch einige Gassen in der vergeblichen Hoffnung, dort sei es kühler. Auf dem Gehsteig, der zum Strand führte, bot sich uns ein ganz anderes Schauspiel. Büdchen und motorisierte Verkaufsstände, die eimerweise Erfrischungsgetränke feilboten, Picknicktische mit Familien, die beim Essen saßen … Einige bissen in Lammstücke, andere aßen Lasagne, wieder andere zersäbelten eine riesige Wassermelone. Papa sah mich untröstlich an, indem er seine gewohnte machiavellische Miene zur Schau trug. Großvater verzog den Mund. Daraus entstand eine Diskussion zwischen Papa, der es übertrieben und plump fand, Bleche und Pfannen an den Strand mitzubringen, und Babbo, der sagte, das sei ja gerade das Schöne, nicht auf das Sonntagsessen zu verzichten, sondern es im Angesicht des Meeres zu genießen.

Papa wies mit dem Arm auf die Schwebebahn, die früher in regelmäßigen Abständen am Hafen losfuhr und quer über den Strand hinter der Stadt bis nach Margherita di Savoia führte. Früher, bis zu den Sommerferien der Mittelschule, hatten Giovanni und ich uns mit Großvater oft auf das Geländer gestützt, um zuzusehen, wie die Salzladungen auf die Mole zuschwebten.

»Von dem Pfeiler hier veranstalteten wir Wettspringen ins Wasser«, sagte Papa zu mir, »während die Packen über unsere Köpfe wegglitten, dass die Drahtseile quietschten. Jetzt wird alles mit Lastwagen transportiert, und die Schwebebahn ist stillgelegt, die Masten stehen herum wie aufrechte Tote.«

Großvater blickte aufs Meer. »Dreckig ist es«, sagte er. »Wie eine Jauchegrube.«

»Hast du heute früh hier die *canulìcch* geholt?«, fragte ich.

»Nein, auf der anderen Seite, im Osten. Nur dort findet man noch welche.«

Am Strand kam erneut der Eisverkäufer vorbei. Ein Schwarm Kinder umlagerte ihn. Der Alte füllte Eistüten, kassierte Münzen und fuhr laut rufend wieder los. Wer weiß, wie viele Sommer er schon auf seinem Fahrrad da herumradelte.

Wir sprachen nicht. Noch konnte keiner etwas anderes denken. Und ich wäre gern ins Meer eingetaucht und hätte ihrem unerträglichen Schweigen den Rücken gekehrt.

»Los, trinken wir endlich den Kaffee, dann gehen wir«, sagte Papa, der auf dem Gehsteig hin und her wanderte.

»Ja, rasch, ich habe nicht einmal den Hut dabei.«

Sie waren nur mir zuliebe mit ans Meer gegangen.

Den Kaffee nahmen wir im Stehen im Bagno Venezia, einem Strandbad mit Bar nahe am Geländer. Die beiden kippten ihn auf einen Zug hinunter, ich dagegen blies immer wieder in das Tässchen und trank ganz langsam. Als ich heraustrat, stand Papa mit dem Rücken zur Tür, die Hände in den Taschen, und Großvater war zum Geländer zurückgekehrt, um Meeresluft zu atmen.

Auf dem Rückweg sagte Papa nur: »Also morgen, wenn der Sachverständige da war, werden wir klären, ob wir die Wohnung den *marnarìd* verkaufen oder sie ans Maklerbüro geben.«

»Morgen früh klärt sich alles«, antwortete Babbo.

Dann schwiegen sie. Wir gingen die drei Sträßchen bis zur Via Garibaldi hinauf, jeder die Hände in den Taschen. Keine Menschenseele weit und breit unter der unbarmherzig sengenden Sonne. Im Hausflur musterte Großvater die Treppe. Während er das Geländer umklammerte, sagte er ärgerlich zu mir: »Nicò, nur der Teufel geht in der Mittagshitze raus.«

Sobald er in die Wohnung kam, lehnte er die Fensterläden an. Er und ich spielten Dame auf einem Magnetbrett, das ich in dem Sack gefunden hatte. Papa breitete die Zeitung auf dem Tisch aus und hob den Kopf nicht mehr.

»Riccà, komm mit, deinen Onkel besuchen.«

Papa sah seinen Vater unentschlossen an, bemüht, seine Unlust zu verbergen. Wir ließen die Spielsteine liegen, wo sie waren.

Die beiden putzten sich die Zähne, einer in dem kleinen Bad, einer in der Küche am Spülbecken, dann brachen sie auf. Großvater Leonardo verließ nun schon zum zweiten Mal in der heißesten Zeit das Haus.

Vom Balkon aus sah ich, wie sie sich wortlos auf der leeren Straße entfernten. Bei jedem heißen Windstoß blähten sich die Vorhänge vor den Haustüren und fielen wieder in sich zusammen.

Ich versuchte Proust zu lesen. Dieses Buch gefiel mir. Vielleicht hatte ich noch nie etwas Schöneres gelesen, aber all die Salons und Kokotten passten einfach nicht zu dem Meer, den Olivenbäumen, den bröckelnden Mauern Apuliens.

In der Mitte des Tisches stand die Obstschale mit den Pfirsichen, den dunklen Trauben, dem Stift und den losen Spielkarten. Darüber hätte ich gern ein Gedicht geschrieben, ein Stillleben in Versen, das den musikalischen Singsang des Dialekts und den Duft des salzigen Windes einfangen könnte, der in Böen hereinwehte. Doch ein Dichter war ich nie gewesen, höchstens mal aus plötzlichem Überschwang oder wenn ich große Autoren gelesen hatte. Ich hatte mich immer geschämt zu hoffen, ein Dichter zu werden. Es auch nur zu hoffen. An manchen Tagen blieb mir der Wunsch, Geschichten zu schreiben, aber nie hatte ich es ernstlich versucht, vielleicht war die Trägheit meines Vaters daran schuld. Oder, ehrlicher gesagt, meine eigene Trägheit. Meine und nur meine. Es ist schon ein Ziel, ein guter Lehrer zu werden, sage ich mir noch heute, um mich zu rechtfertigen. Ein beliebter Lehrer.

Ich verbrachte diese Stunden auf dem Bett im Schlafzimmer der Großeltern liegend. Licht kam nur durch das Loch in der Mauer. Leuchtspuren enthüllten Schleier aus Spinnweben und Schimmel in den Ecken der Decke, in den Rissen im Holz des Schranks. Ich konnte kaum das Polaroidfoto des Kremls erkennen, das zwischen den Buchseiten klebte. Ich fühlte mich wirklich wie ein Arbeitsloser, der zu Unrecht Urlaub macht.

Vielleicht hatte mein Vater recht, mir Vorwürfe zu machen. In der Tat könnte ich mich, wie er sagte, beharrlicher bei katholischen Schulen bewerben oder bei Verlagen anfragen, ob sie einen Korrektor brauchen. Oder ich könnte Zettel in den Briefkästen verteilen, »junger Lehrer bietet Nachhilfeunterricht in Italienisch und Latein zu günstigen Preisen«, und versuchen, alle Kinder aus unserem Stadtteil, die im September die Nachprüfung machen müssen, zu einer Gruppe zusammenzufassen, um ein bisschen Geld zu verdienen und ihm zu zeigen, dass ich arbeitete, direkt vor seiner Nase. Aber ich tat es nicht, denn es war ja nicht meine Schuld, wenn mir jedes Jahr im Juni mit Fußtritten gekündigt wurde und ich nichts mehr machen konnte – noch einen Wettbewerb, noch eine Prüfung, noch eine Schule –, um meine Lage zu verbessern. Und im Grunde war es ja auch nicht meine Schuld, dass ich meine Zeit gern zwischen den Regalen der Bibliothek oder in den Bars beim Aperitif verbrachte.

Beim Heimkommen öffneten sie die Fensterläden, und das Licht weckte mich. Papa wirkte zufriedener. Er unterhielt sich mit Großvater darüber, wie der Dialekt sich von Stadtteil zu Stadtteil änderte, was mein Ohr nicht so genau unterscheiden konnte.

»Onkel Ciccillo sagt *mr,* nicht *mar* für Meer.«

»Weil er in der Nähe des Hafens wohnt, dort

reden sie alle so. Aber das ist der ursprüngliche Dialekt, die erste Sprechweise ist immer die der Leute, die am Meer wohnen«, argumentierte Babbo.

Ich erfuhr, dass es diesem Onkel Ciccillo, den ich vielleicht zweimal gesehen hatte, für sein Alter gut ging, dass er dem Großvater in die Augen gesehen, sich aber zu keinem körperlichen Kontakt hatte hinreißen lassen, sondern nur am Ende die Hände um Großvaters Wangen gelegt hatte. Die Frau von Onkel Ciccillo war Großmutter Annas Schwester. 1947 hatten die Großeltern ihre letzten beiden unverheirateten Geschwister so zu einem Paar vereint.

Sie erzählten mir noch mehr über Onkel Ciccillo, während sie zu Dame und Zeitung zurückkehrten. Papa aß nebenbei dunkle Trauben. Betrübt sagte Großvater Leonardo, den Blick starr auf das Spielbrett geheftet, zwischen ihm und seinem Bruder sei die Vertrautheit verloren gegangen, die ganze Zeit hätten sie sich angeschaut wie zwei Schwachsinnige, ohne sich irgendwas zu erzählen.

»Nicht einmal über den Verkauf der Wohnung haben wir gesprochen. Wenn dein Vater und Ciccillos Frau nicht da gewesen wären, hätten wir die Zeit damit verbracht, den Tisch anzuglotzen.«

»Opa, ich glaube, du hast heute Farbe bekommen.«

»Nach zwei Stunden am Meer werde ich wie ein

Granatapfel«, antwortete er, indem er einen Stein von mir kassierte. »Solange wir hier lebten, hatten wir alle mehr Farbe im Gesicht und auf den Schultern, stimmt's nicht, Riccà? Dann, in Mailand, sind wir lauter Mehlsäcke geworden.«

Er erzählte mir auch, dass die Wange seines Bruders immer noch von einer auffälligen, tiefen Narbe verunstaltet sei. Diese Verletzung stamme von einem Peitschenschlag, den ihm ein faschistischer Schläger mitten ins Gesicht versetzt hatte. Barletta war in jenen Jahren voller Faschisten, und Onkel Ciccillo wurde als subversiver Kommunist verhaftet, saß zwei Jahre im Gefängnis in Bari, wurde verprügelt und mehrmals gezwungen, Rizinusöl zu schlucken. Großvater Leonardo erzählte es mit Bedauern. Ohne den geringsten Stolz.

»Er hat uns eine Tüte *scaldatìd* geschenkt und dazu eine Flasche Wein, der so schwarz ist wie Tinte«, sagte Papa, von der Zeitung aufblickend. *Scaldatìd* sind gebackene Kringel mit Fenchelsamen. Laut Babbo ebenfalls eine Wucht.

»Pass auf«, sagte Großvater zu mir, »wenn wir mit dem Spiel fertig sind, bist du dran. Wir gehen zu Ciccillo Nummer zwei.«

Er ließ mich schnell gewinnen, ohne seine Ungeduld, zu dem Freund zu eilen, im Geringsten zu verbergen.

Durch die Straße begannen wieder Mopeds zu knattern, Autos mit laut aufgedrehter Musik fuhren vorbei. Die Leute, die Fleisch oder Fisch gegessen hatten, schütteten Wasser auf die Kohlen, sodass dichter Qualm aufstieg. Auch unser kleiner Freund vom Balkon gegenüber tauchte wieder auf, nur mit einer Unterhose bekleidet, die Augen noch vom Schlaf gerötet. Da wir keine Vorhänge hatten, schaute er direkt in unsere Wohnung. Als Großvater ihm winkte, lief er davon.

»Der ist *ciacék*!«, rief Großvater lachend.

Ciacék lässt sich absolut nicht übersetzen, höchstens annäherungsweise mit Adjektiven wie »schlau, fix, durchtrieben«, doch keines davon ist zufriedenstellend. Und italienisieren lässt es sich auch nicht. Wie so viele andere Wörter, die der Großvater benutzte, kann man es nur aus der Situation heraus verstehen und so weit kommen, aus der augenzwinkernden Harmonie des Lautbilds die Bedeutung zu erfassen. Diese unübersetzbaren Ausdrücke wie *ciacék* hat schon mein Vater verloren, denn da er seine italienisch formulierten Gedanken erst in Dialekt übersetzt, kann er diese ursprünglichen, rein einsprachigen Ideen nicht mehr bewahren.

Im Hause Russo wurden drei Sprachen gesprochen. Drei Formen von Italienisch, die sich aus der Formulierung der Gedanken in unterschiedlichen

Kodices ergaben. Der reine Dialekt des Großvaters, den er, um mit den anderen zu kommunizieren, Wort für Wort in sein karges Italienisch übersetzte, das ganz und gar auf den Strukturen des Barlettanischen aufbaute; der schon halb italienisierte Dialekt meines Vaters, längst ein Kunstprodukt seines Denkens, das nicht mehr in der Sprache des Vaters stattfand. Und mein Italienisch, Italienisch in jeder Hinsicht, allerdings ohne ihre Zweisprachigkeit. Tja, denn ich, der Sohn des Sohnes, bin der Einzige in der Familie, der nicht mehr zwei Sprachen spricht, der Einzige, der denkt und spricht, ohne zu übersetzen, festgenagelt auf diese rein öffentliche Sprache, die mir gehört wie keinem von ihnen. Ich habe beim Lernen ihre Sprache verlernt, die Sprache, die alle vor mir immer gesprochen und zu jeder Jahreszeit für gut befunden hatten. Und in diesen letzten Tagen in der Wohnung am Meer fühlte ich, wie armselig der Rest war, dieses Überbleibsel, die sogenannte »passive Kompetenz«, wie die Linguisten sagen, die letztlich nichts weiter ist, als die Frustration zu verstehen, ohne in der verstandenen Sprache sprechen zu können.

»Los, gehen wir zu dem anderen Ciccillo, bevor ich merke, wie müde ich bin.«

Ich zog die lange Hose an und tauschte das Hawaiihemd gegen ein schwarzes T-Shirt mit Kragen.

»Ja was?« Großvater sah mich an. »Du glaubst wohl, Ciccillo mag keine bunten Sachen.«

»Bei fremden Leuten wollte ich nicht wie ein kleiner Junge angezogen daherkommen.«

»Du und die wie du, ihr seid Jungen, wenn es euch passt, und Männer, wenn es sich für euch lohnt. Man kennt sich überhaupt nicht mehr aus …«

Sofort seufzte Papa hinter seiner Zeitung und nickte eifrig. Und mir war schon die Lust vergangen.

Grossvater und ich wandten uns in die andere Richtung, wo die Straße nicht zum Meer hinunterführt, sondern leicht ansteigt, Gassen um Gassen mit brüchigem Asphalt, voller Risse, aus denen die warme Erde dampft.

»Das ist die Hitze, bei der das Vieh zusammenbricht und die Leute überschnappen, weißt du das?« Ich schüttelte verneinend den Kopf, wischte mir aber ebenfalls mit der Hand die Stirn ab.

Auf Bürgersteigen aus glatten Steinplatten gingen wir dicht an den Häusern entlang. Ich versuchte eine Tarantel zu zertreten, die mir zwischen die Füße geraten war und wie eine Flamme tanzte. Auch in dem Verschlag auf der Terrasse hatte ich zwei gesehen. Zu ein paar alten Frauen, die nun nach der Nachmittagshitze wieder auf der Schwelle erschienen waren, sagte Großvater halblaut: »*Bonasera commà.*«

»Opa, du übernimmst dich in diesen Tagen. Erst im Gebirge, jetzt unterwegs in der Stadt ...«

»Ja, aber morgen ist alles vorbei. Das ist der letzte Besuch. Sonst ist niemand mehr da.«

»Warum schauen wir nicht in der Sektion vorbei?«

Er zog die Mundwinkel herunter. »Die Genossen von früher sind nicht mehr da … Und die Partei gibt es in Wirklichkeit auch nicht mehr, jetzt sind diese anderen da, die jede Woche ihren Namen ändern … Und außerdem ist Ciccillo der Letzte, den ich besuchen muss. Sonst ist niemand mehr da«, wiederholte er.

Auf den Straßen, die aufs Land hinausführen, grüßte Großvater sehr viel zurückhaltender. Die Alten musterten ihn mit zusammengekniffenen Augen oder schoben den Kopf vor wie Tauben. Doch Großvater Leonardo ließ sich nicht entmutigen, wenn er Häuser oder Personen erkannte, grüßte er und ging weiter. So ist es eben. Wer fortgeht, erinnert sich genauer als die, die bleiben. Der Wachposten vor dem Haus gibt seinen finsteren Blick nur bei denen auf, die jeden Tag durch seine Straße kommen. Die gehören zur Familie, deren Gruß erwidert er. Wenn einer, der weggegangen ist, einer wie Großvater Leonardo, plötzlich wiederauftaucht in ihrem stillstehenden Leben, finden die Wachposten mit den abwesenden Augen nicht die geistige Beweglichkeit, die man benötigt, um Schichten verbrauchter Zeit zu durchdringen. Denen, die weggegangen sind, haben wir nur Misstrauen und gerunzelte Brauen zu bieten. Rost im Räderwerk, das die Erinnerung erhält. Und darin, dass der Großvater nun wie ein Fremder hier durchging, darin erkannte ich mich allerdings wieder.

Die Mauern wurden immer bröseliger und brüchiger. Die Sonne schien auch jetzt, da der Nachmittag langsam zu Ende ging, noch glühend heiß auf die Häuserblocks. An den Ecken standen überquellende Mülltonnen, darüber schwebten Wolken von Insekten. Wir kamen zu einem halb fertigen Gebäude ohne Dach und Fenster, mit großen Löchern im Zement, aus denen Büschel von Gestrüpp heraushingen.

»Hier sind sie ärmer«, sagte Großvater. »Von hier stammen die *marnarìd,* aus der Via Fieramosca.«

»Und Ciccillo wohnt hier?«

»Jetzt ja, weil er zusammen mit seiner Frau zu seinem Sohn gezogen ist, aber vorher hat er immer am Hafen gewohnt. Jetzt wohnt er da drüben, hinter der Kirche San Filippo, siehst du sie?« Er zeigte auf eine rote Ziegelwand, die hinter einem Steinhaufen aufragte.

Großvater Leonardo ging auf eine Holztüre zu, vor der ein türkisfarbener Vorhang flatterte. Er blickte sich kurz um und klopfte an die dünnen Scheiben.

Eine kleine, hagere alte Frau öffnete uns, in ein schwarzes Tuch gehüllt, das ihr Gesicht fast verschluckte. Großvater betrachtete sie kurz und packte mich so fest am Arm, dass es schmerzte.

»*Comare* Lenù! (Elena)«

»Leò!« Sie öffnete die vom Weinen müden Augen kaum. »Ihr seid aus Mailand gekommen!«

Großvater Leonardo ergriff ihre Hände und kniff die Augen zusammen in dem Versuch, den Gedanken zu verscheuchen. Sie wandte uns den Rücken zu und führte uns in den dunklen Raum.

Im Wohnzimmer stand der Sarg mit Ciccillo darin, zum letzten Mal elegant gekleidet, mit weißem Hemd, glänzenden Schuhen, das dichte Haar zurückgekämmt.

Die Fensterläden waren geschlossen, und die Kerzen rundherum verbreiteten ein mattes Licht. Ciccillos Frau weinte still in einer Sofaecke, ab und zu stand sie auf, um mit dem Zipfel ihres Taschentuchs den Mund des Toten abzutupfen. Es waren etwa fünfzehn Personen da.

Von hinten tippte uns jemand auf die Schulter.

»Pasquà!«, sagte der Großvater mit erstickter Stimme.

»Leonà! Sehr gut, dass du gekommen bist. Er hat so oft nach dir gefragt.«

Großvater Leonardo lehnte sich an die Wand,

die Hand über den Augen. Pasquale putzte sich die Nase und verdeckte sein Gesicht. Ich sah auf den Boden. Es roch ungelüftet, und ich hätte gern das Meer rauschen hören.

Der Großvater zuckte mit den Schultern, die Stirn an die Wand gelehnt. Ich hatte ihn noch nie weinen sehen. Auch an diesem Tag sah ich es nicht, denn er drehte sich erst zu mir um, als er sich beruhigt und mehrmals mit dem Taschentuch übers Gesicht gewischt hatte. Sein Blick war verstört, als er mich erneut am Arm packte und mir bedeutete, dass wir aufbrechen sollten. Er umarmte Ciccillos Frau, und sie streichelte sein Gesicht: »Danke, Leò, dass Ihr aus Mailand gekommen seid«, wiederholte sie. Er schüttelte den Kopf, während er allen anderen die Hand drückte. Pasquale tat es ihm nach, und zuletzt ich. Pasquale trat an den Sarg und küsste Ciccillo auf die Stirn. Auch Großvater beugte sich über den Freund, brachte es aber nicht über sich, ihn zu berühren.

Wir gingen und zogen die Tür mit den zerbrechlichen Scheiben hinter uns zu. Auf der Schwelle hängte ein Mann in grauem Jackett rund um den Eingang Kokarden auf. Neben die Fensterläden klebte er die Todesanzeige mit den üblichen Worten, die für Missetäter und Ehrenmänner die gleichen sind.

'Mba Pasquà und Großvater Leonardo sprachen erst in der Nähe unseres Hauses miteinander, als die von Menschen wimmelnde Allee wiederauftauchte und die Sonne nicht mehr stach. Ich blieb ein paar Schritte zurück, etwas benommen von der Hitze und dem Schauspiel, das mir den Magen zusammenpresste. Die Straße und die alten Frauen waren immer noch da, als hätte Ciccillos Tod nicht auch sie ärmer gemacht.

»Wieso ist sonst niemand gekommen, Pasquà?«

»Wer sieht sich denn noch? Alle hocken daheim. Der eine kann nicht mehr gehen, andere leben bei ihren Kindern wie Ciccillo oder scheren sich um nichts und niemanden mehr. Wir sind beim letzten Lied angelangt!« Er klopfte mit dem Stock auf den Gehsteig.

»Und wenn du die Endstation erreichst, ist dir sogar der Tod der Genossen egal?«

»Wir sind zu alt, um an den Tod der anderen zu denken«, erwiderte Pasquale in reinem Dialekt.

»Wie ist er gestorben?«

»Im Schlaf«, sagte er leise. »In unserem Alter suchen wir doch nur einen Vorwand, damit wir gehen können.« Wieder klopfte er mit dem Stock.

Ein leichter, kühlerer Wind war aufgekommen, und die beiden vor mir verstummten, um tief die gute Luft einzuatmen. Ich hatte die Nase voll von der Hitze, die einen zum Schwitzen brachte, von der verkommenen Wohnung, davon, an jeder Ecke alte Leute zu treffen. Auch mit den beiden konnte ich es nicht mehr aushalten.

»Wie hast du es bis nach Mailand erfahren, Leò?«

»Ich hab es nicht erfahren. Ich bin hergekommen, um meine Wohnung in Ordnung zu bringen. Heute hatte ich beschlossen, Ciccillo Guten Tag zu sagen, bin reingegangen und habe gesehen, was du gesehen hast.«

»Heilige Muttergottes, das ist ja hart!«

»Wirklich ein harter Schlag, Pasquà«, sagte Großvater kopfschüttelnd, »hammerhart.«

Wir erreichten die Via Cavour. Die zwei Alten verabschiedeten sich kaum, sicher, dass sie sich am folgenden Tag bei der Beerdigung sehen würden.

Wäre dieser Nachmittag nicht ein glühend heißer, von Ciccillos Tod entstellter Sonntag gewesen, sondern ein beliebiger Tag in den Sommerferien der Kindheit, hätten Giovanni und ich die Großmutter zu Hause antreffen können, wie sie *munacèd* kochte, Landschnecken, die man an den Mauern der Trulli, auf den Geräteschuppen, an den Olivenstämmen und im dürren Gras sammelt. An manchen Tagen, wenn das Meer aschgrau war und der Wind Sand aufwirbelte, gingen wir Jagd auf sie machen. Während wir uns die Badehose auszogen, holte Großvater Leonardo das *motòm* aus dem Hauseingang, sein rotes Motorrad, so genannt nach dem auf Barlettanisch ausgesprochenen Markennamen. Giovanni setzte er auf den Beifahrersitz, und zu mir sagte er, ich solle auf dem Fahrrad hinterherfahren. Er fuhr etwas weiter außen, um mich vor den überholenden Autos und vor allem vor Traktoren und Mähdreschern zu schützen. Nach den bewohnten Straßen begann eine lange Zypressenallee, und da durfte ich mich an Großvaters Schulter festhalten. Dann begannen die Rebenreihen vorbeizufliegen, und auch bergauf war es lustig.

Pasquale rief Großvater noch einmal zurück: »Leò, behältst du die Wohnung eigentlich noch?«, fragte er.

»Lass es dir gut gehen, Pasquà«, antwortete er außer Atem von der Straßenecke her. »Ein Glück, dass ich dich noch lebendig gesehen habe.«

Den Rest des Weges schleppte sich Großvater dahin wie sein Sohn. Als er die hohen Stufen hinaufstieg, ging sein Atem wie immer schwerer. An der Hand, die das Geländer umklammerte, schwollen die Adern blaurot an, und auf jedem Treppenabsatz verfluchte er die Muttergottes und schlug sich mit den Fäusten auf die Brust. Es war seine Art, Ciccillo zu beweinen.

Papa schlief mit nacktem Oberkörper im Zimmer der Großeltern. Die Zisterne tröpfelte noch. Großvater ging kurz bei der Nachbarin vorbei, um das Abendessen abzusagen, bevor er in die Wohnung kam; man würde sich dann morgen nach der Schätzung durch das Maklerbüro zusammensetzen. Sie sei sehr nett gewesen, berichtete er, und habe geantwortet, wir sollten uns keine Sorgen machen, den Termin beim Notar würde sie, wenn nötig, morgen früh noch absagen.

Großvater ließ sich auf den Stuhl fallen, ohne dass es ihm gelang, den angewiderten, meer- und todesmüden Ausdruck abzuschütteln. Er knöpfte am Hemd die obersten Knöpfe auf und ergab sich der kühleren Luft, die von draußen hereinwehte und das Wohnzimmer füllte. Vielleicht wollten die Hände noch auf den Tisch hauen, der Mund fluchen. Doch die Fäuste öffneten sich, von Ciccillos Tod überwältigt, der die Angst vor seinem eigenen Tod weckte und den Schmerz, dass mit ihm die Welt der Wohnung am Meer untergehen würde.

Er zog wieder die verwaschene blaue Baumwollhose an, die er früher bei der Feldarbeit getragen hatte, und streckte sich drüben neben seinem Sohn aus.

Die Zeit war völlig durcheinandergeraten. Der geordnete Tagesablauf, Schlaf, Mahlzeiten, alles über den Haufen geworfen in der wirren Folge von Begegnungen und Erinnerungen, in die man ständig ungeschickt hineinstolperte. Und dass keine Frau dabei war, die uns half, ruhig zu bleiben und nicht alles zu verpfuschen, empfanden wir bestimmt alle drei als Mangel.

Wieder saß ich allein im Zimmer. Die Sonne sank rasch. Ich war verwirrt und erschöpft davon, immerzu dieses Gefühl von Benommenheit, von unordentlichem Schlaf mit mir herumzutragen.

Sobald die Sprungfedern der Matratze quietschten, hörte man, wie Papa Babbo begrüßte und ruckartig aus dem Bett sprang.

»Ciao Nicola. Entschuldige, aber ich konnte einfach nicht mehr.«

Ich nickte.

»Und? Wie war's?«

»Wir sind Ciccillo besuchen gegangen, und er war grade gestorben.«

»Herrgott!«, wiederholte er mehrmals mit hängendem Kopf.

Von dem Augenblick an wurde mein Vater wieder unnahbar. Die Mutlosigkeit seines Vaters zu erkennen, seine Niedergeschlagenheit angesichts der Verluste, die ihm in diesen Tagen ins Gesicht sprangen wie streunende Katzen, weckte wieder die Wachsamkeit und Strenge des Familienoberhaupts in ihm, und dieser Zustand hielt die gesamte übrige kurze Zeit an, die wir noch zusammen verbrachten.

Er fragte mich nach weiteren Einzelheiten über Ciccillo, zu denen ich nichts zu sagen wusste. Auch Papa war bekümmert, dass Babbo nebenan nicht schlief. Dass er vielleicht weinte.

Ich griff nach Proust und zeigte meinem Vater das Kreml-Foto. Er lächelte. Wütend dachte ich noch einmal, dass Papa niemanden mehr hatte, mit dem er ein ähnliches Foto hätte machen können. Und dass auch ich meinen Freunden so gut wie nichts mehr erzählte.

Nach weiterem Schweigen fragte er: »Gehen wir aus?«

»Lassen wir Großvater hier allein?«

Er zog die Mundwinkel herunter.

Im kleinen Bad wusch ich mich mit dem gewohnten kalten Wasser, das die Benommenheit ein wenig vertrieb. In der Lüftung baumelte noch eine Taubenfeder, und an einigen wassergrünen Kacheln hingen Spinnweben groß wie Bettlaken. Vom Barfußlaufen wurden die Sohlen wie üblich schwarz.

Durch das Fensterchen der *marnarìd* klang die Stimme eines Mannes, der im Dialekt die Kinder anschrie, sie sollten still sein, er wolle die Sportnachrichten hören.

»Habt ihr denen Bescheid gesagt?«, fragte Papa mit Blick auf die Tür der Nachbarn.

»Das hat Großvater besorgt.«

»Na, ein Glück.«

Zu zweit gingen wir wieder den Weg des ersten Abends, als die Müdigkeit, die wir fühlten, noch nicht bitter war.

Da mein Vater und ich, wenn wir allein sind, nie miteinander reden und da wir uns auch an diesem Abend anschwiegen, blickte ich ihn die ganze Zeit von der Seite an, ohne die Augen auch nur einen Moment abzuwenden. Man sah, dass er rundum Stücke von sich suchte, aus den Schuljahren, aus seiner Jugend. Großvater nicht. Großvater Leonardo suchte einen untergegangenen Hafen, seine Stadt unter dem Meer, die beim plötzlichen Einbrechen einer Welle wieder an die Oberfläche käme. Ich dagegen konnte, da ich an diese Stadt nur Kindheits- und Jugenderinnerungen hatte – nichts Konkretes, nur Atmosphärisches –, auf diesen Spaziergängen in die Altstadt mit ihren Straßenlaternen und ihrem Kopfsteinpflaster nichts weiter tun als schweigen und darauf warten, blitzschnell eine Erinnerung von ihnen aufzufangen, um sie in meine Sprache zu übersetzen, in meinen Abstand zu dieser Vergangenheit. Das war das Schönste an dieser Reise, zu übersetzen, um zu verstehen, was noch mir gehört. Was noch meines ist, wenn auch nur als Widerschein.

In diesen Tagen erzählte Papa mir Dinge, die mir schon die Großeltern erzählt hatten, andere Male sprach er von sich, und dann spürte ich, dass er in diese Vertraulichkeiten die Hoffnung setzte, dass wir uns bald in einer neuen Freundschaft näherkommen könnten. Wenn er mir einen Winkel zeigte, wo er mit einem Mädchen hingegangen war oder wo sie mit dem Fußball eine Scheibe zertrümmert hatten, und dieser Winkel war zufällig ein Stückchen der Altstadt, das ich schon mit Großvater entdeckt hatte, fühlte ich, dass sich in bestimmten Raumausschnitten die Zeit unvermeidlich staut und dass die Zeiten sich zuweilen ineinanderschieben, sich verheddern, sich vermengen ohne eine Möglichkeit, die zusammengepressten Schichten voneinander zu trennen. Je mehr Tage verstrichen, umso mehr dehnte sich dieser ineinandergeschobene Raum bis in die steilen Straßen der Altstadt aus, bis in manche schlecht beleuchteten Gassen hinein, die zum Meer führen. Nur dort kamen die Dinge, wenn nicht in Ordnung, doch vielleicht zur

Ruhe. Nur vor dem Meer verlor die Zeit offenbar ihre Gier.

Wir ließen die Heraklius-Statue hinter uns, die Kirche der Madonna del Rosario, die Straßen mit den gelben Laternen, die nach einigem Auf und Ab in die Promenade am Meer einmünden. Unter den Palmen standen die üblichen Imbisswagen und Grüppchen Bier trinkender Leute. Wir lehnten uns an dasselbe Geländer wie am Tag zuvor und redeten. Noch einmal über den verstorbenen Ciccillo, über die Beerdigung, über den Termin für die Schätzung am nächsten Morgen. Papa sagte, es werde wieder ein höllischer Tag, und so, wie die Dinge nun lägen, sei es besser, am Dienstag abzureisen. Wenn er erst in Potenza angekommen sei, werde er versuchen, sein Arbeitstreffen vorzuverlegen.

Auf der Bank neben unserer nahm ein junges Paar Platz. Er schaukelte den Kinderwagen hin und her. Sie sagte alle paar Wörter: »Né!, né!, né!« Das Kind spuckte dauernd den Schnuller aus, den ihm das Mädchen geduldig wieder in den Mund schob.

Ich weiß nicht, an welcher Einzelheit ich Bianca wiedererkannte. Ob an den zerzausten Haaren über ihrem olivfarbenen Gesicht, ob an ihrem Singsang, der nur aus »Né!« bestand, oder vielmehr am üppigen Busen, über dem die Bluse spannte. Ich weiß gar nicht, ob ich sie an einer Einzelheit erkannte. Als ich sie aus dem Augenwinkel wahrnahm, drehte ich mich zu ihr um und rief: »Bianca!«

Der gedrungene Mann sprang auf. Sie blickte mich wortlos und stumpfsinnig an.

»Ich bin Nicola! Erinnerst du dich?«

»Ah, ja, Nicola«, sagte sie lahm.

Als der Mann meinen Namen hörte, kam er näher. Ich bremste meinen Überschwang.

»Wie geht es dir? Wohnst du noch in der Via Garibaldi?«, fragte ich schüchterner.

»Nein. Jetzt wohnen wir woanders«, erwiderte sie, immer noch ohne mich anzusehen.

Papa entfernte sich ein paar Schritte.

»Als wir klein waren, haben wir zusammen gespielt, wir waren Nachbarn, wohnten gegenüber ...«, sagte ich zu Biancas Mann, um das Eis zu brechen.

»Ich weiß, wer ihr seid«, antwortete er.

Ich streckte ihm die Hand hin, und er drückte sie, indem er mir die Finger quetschte. Sie war mit dem Gesicht in den Kinderwagen eingetaucht. Ich beschloss, es drauf ankommen zu lassen, vielleicht, weil ich wusste, dass mein Vater in der Nähe stand.

»Was für ein hübscher Junge«, sagte ich, indem ich mich über den Kinderwagen beugte. »Aber dich fand ich vor ein paar Jahren viel hübscher und netter.«

»Né! Russo, *sciatavìn!,* hau ab!«, schrie der Mann und baute sich vor mir auf. »Geht zurück nach Mailand! Und nehmt bloß die Wohnung samt allen Mäusen drin auch gleich mit!«

Ich ging zu meinem Vater, der mit Machiavelligesicht rauchend an einer Palme lehnte und die Szene sichtlich genoss. Als mir die Trostlosigkeit der Begegnung klar wurde und ich es ihm sagte, lachte er immer noch.

Auf dem Fußweg trafen wir einen Händler, der Oliven und Lupinensamen verkaufte, im Laderaum seines Dreiradkarrens standen Bottiche mit Salzwasser, in denen die Früchte schwammen. Papa kaufte ein Tütchen Oliven, die mir wie Datteln vorkamen. Während wir auf den Hafen zugingen, erzählte er mir, es sei keine Seltenheit, dass man jungen Frauen begegnete, an die man nicht mehr das Wort richten durfte. Besonders wenn der, der ihnen begegnete, Beziehungen zu diesen Mädchen gehabt hatte.

»Aber ich habe doch nur zur Schulzeit ein paar Sommer lang mit ihr gespielt!«, sagte ich. In Wirklichkeit log ich.

Mit Bianca hatte ich auch Mauerball gespielt, wie mit einem Jungen, das stimmt, aber vor allem waren wir zwei Sommer lang verlobt gewesen. Und auf ihre Weise sprach sie sogar von Zusammenleben. Sie beschloss nämlich, sich mit mir zu verloben, da alle Buben des Viertels hinter ihr herschrien, dass ihr *u'mlanéis* (der Mailänder) gefiel. Schon damals, obwohl fast zwei Jahre jünger, war sie größer als ich, ihr Busen kräuselte ihre Blüschen, und von einem Sommer zum anderen legte sich ohne Vorankündigung ein trauriger, schlauer Ausdruck über ihr Gesicht. Mir machten die Provokationen der Freunde, denen auch Giovanni sich anschloss, sogar irgendwie Mut. Sie meinten es ja nicht böse. Auch ich hätte mich in den Chor eingereiht, wenn Bianca einen anderen erwählt hätte, um damit die Enttäuschung des Ausgeschlossenen in der Gruppe zu verbergen. Ich erinnere mich noch an den Moment der offiziellen Erklärung. Beim soundsovielten Chor gegen sie springt Bianca mit einem Satz auf die Straße, jagt einem gewissen Ruggiero den Ball ab, reißt ihn an sich und ruft: »Nicola ist mein Verlobter, und wenn ich groß bin, gehe ich mit ihm nach Mailand und wir wohnen im Wolkenkratzer!« Sie nimmt den Ball und wirft ihn wie ein professioneller Torwart ganz ans Ende der Straße. Die Freunde verstummten zuerst, dann, als sie merkten, dass der Ball gleich den Abhang zum Meer hinunterrollen würde, rannten sie davon.

»Wirst schon sehen, jetzt, wo sie es wissen, machen sie sich nichts mehr draus«, sagte sie mit erfahrener Miene zu mir. Und Bianca war in Liebesdingen wirklich erfahrener als ich.

Als sie und ich allein in der leeren Straße zurückblieben, stand ich mit gesenktem Kopf da, verlegen in dieser neuen Einsamkeit zu zweit. Unentschieden, ob ich Kind bleiben und dem Ball nachlaufen sollte oder ein junger Mann werden, der Frauen liebkost.

Ich hatte mich nie gefragt, ob ich Bianca liebte oder ob ich einfach nur gern mit ihr spielte. Und ob das Zweite für das Erste genügen könnte. Natürlich fühlte ich mich wohl mit ihr, weil sie mich anders behandelte als die anderen, mir das Gefühl gab, etwas Besonderes zu sein, von weit her gekommen wie der Onkel aus Amerika oder der Weihnachtsmann. Sie war die erste Frau, die sich für mein Leben interessierte, fasziniert war von meinen Geschichten, neugierig auf mich, überzeugt, wie sie war, dass man sich in Mailand niemals langweilte.

»Meine Schwester Ada«, sagte sie zu mir, »ist auch in den Norden gegangen. Sie lebt in Bologna, was genau wie Mailand eine Stadt ist, in der man sich nie langweilt.«

Ein paar Tage nach der öffentlichen Erklärung

hatten wir uns immer noch nicht geküsst. Da umringten mich die Freunde aus der Gasse, um mir wertvolle Ratschläge zu erteilen. Laut Michelino hatte sie mich nicht geküsst, weil ich ihr nie eine Blume gebracht hatte; das war natürlich albern, weil ich die Blumen direkt aus Biancas Garten klauen konnte.

»Ja was, ich soll bei ihr Blumen klauen, um sie ihr zu schenken?«, sagte ich.

»Was schert dich das? Was zählt, ist die Geste«, warf ein anderer ein.

Laut Ruggiero war es keineswegs eine Frage von Blumen. Ich mußte hergehen und ihr direkt in die Unterhose fassen, Schluss, aus. Und dagegen ließ sich nichts einwenden, denn diesen Rat hatte er sich direkt bei seinem Vater geholt.

Zum Glück war es gar nicht nötig, etwas zu tun. Eines Nachmittags nahm Bianca mich an der Hand und führte mich in den Eingang zu ihrem Haus. Dort in der kühlen Dunkelheit küsste sie mich auf den Mund. Ich bewegte mich nicht, und sie saugte sich mit ihren Lippen an meinen fest. In ihrem gewohnten überlegenen Ton sagte sie zu mir, ich könne nicht küssen, weil ich den Mund nicht öffnete. In der Tat hatte ich mit zwölf Jahren zum Küssen noch nie den Mund aufgemacht. Bianca dagegen brachte mir Zungenküsse bei, was mir nicht besonders gefiel, außer wenn wir, direkt vor unseren Liebesspielen, Fruchteis gelutscht hatten. Dann war es lustig, weil ihr kalter Mund nach Erdbeere schmeckte und meiner nach Orange.

Eines Tages, als ich ihr ein Häkeldeckchen von Großmutter schenkte, gestattete Bianca mir auch, ihren Busen anzufassen, aber nur über dem T-Shirt. Und genau an dem Nachmittag überraschte uns Lina, die Nachbarin, im Hauseingang. Angeekelt blieb sie auf den Stufen stehen und starrte uns an. Ich schämte mich in Grund und Boden. Bianca nicht, sie lachte. Sie griff nach meiner Hand und ging zu ihrer Mutter, um ihr zu sagen, dass wir ja öffentlich verlobt waren und uns im Hausflur Küsschen gaben. Ihre Mama lachte und lud mich mit Freuden zum Abendessen ein.

An dem Abend war ich wohlerzogen und freundlich, aber wenig brillant. Mein Überschwang steckte ganz in dem gelben Hemd und den erbsengrünen kurzen Hosen. Bianca dagegen benahm sich wie immer wie eine erfahrene Frau. Sie sagte vor allen, sie habe nun auch einen Verlobten, und in ein paar Jahren werde sie glücklicher sein als Ada, denn sie werde noch weiter im Norden leben als Bologna. Eine richtiggehende Theorie der Breitengrade entwickelte sie.

Am Ende des Essens küsste Biancas Mutter

mich auf die Stirn, und meine Verlobte begleitete mich bis zur Haustür, wo wir rasch unser Ritual wiederholten.

Die Großeltern wollten Bianca auch zu uns einladen, doch ich vermied es immer, sie mit heimzunehmen. Ich zog es vor, ihr den Mythos meines geheimnisvollen Mailänder Lebens zu lassen.

Während dieser zwei Sommer schrieben wir uns. Dann, im Frühling ihres vierzehnten Jahrs, beantwortete Bianca meine Briefe nicht mehr. Ich begriff, dass sie mich verlassen hatte, und dass mich im nächsten Sommer keine Küsse im Hausflur mehr erwarteten. Und so war es. Bianca grüßte mich nicht einmal. Sie ging mit ihrer überlegenen Miene an mir vorbei, als wäre ich Luft. Ich weiß nicht, ob der Verlobte, der meine Stelle einnahm, schon ihr zukünftiger Mann war. Bestimmt hatte er von Anfang an Zutritt zum Hausflur, und das verursachte mir den ganzen Sommer einen Kummer, den ich niemandem anvertrauen konnte.

Mein Vater, dem ich die Einzelheiten der Liebesgeschichte selbstverständlich ersparte, versuchte, mir diese Verlegenheit zu erklären. Ich sei für Bianca eine sehr viel wichtigere Beziehung gewesen als sie, auf lange Sicht, für mich. Ja, denn Bianca habe nach mir sicher nur wenige weitere Beziehungen gehabt, vielleicht nur die mit ihrem späteren Mann, dem sie wahrscheinlich alle ihre Erfahrungen anvertraut habe, unsere eingeschlossen. Und nach ihren Schwüren hätten die beiden einander vermutlich versprochen, für immer mit der Vergangenheit abzuschließen, wie sie auch gewesen sei.

Ich wandte ein, das sei doch lächerlich, die ganze Geschichte lag so weit zurück, ich war damals zwölf, sie elf. Doch seiner Meinung nach zählte das nicht.

»Manche Männer dulden es einfach unter keinen Umständen, dass man sich ihrer Frau nähert. Dein Großvater war auch so einer. Beim geringsten Zweifel wurde er handgreiflich, als würden alle nur darauf warten, sich auf Großmutter zu stürzen«, sagte er seufzend.

Einmal – erzählte er mir, während wir uns wieder auf den Heimweg machten – verprügelte Großvater den Verkäufer, der im Kino Getränke feilbot. Großmutter hielt ihn an, um eine Limonade zu kaufen, und da der Saal leer war, stützte sich der Mann auf den Sitz neben ihr, um ihr herauszugeben. Großvater Leonardo dachte, der arme Kerl habe sich genähert, um sie zu begrapschen, sprang ihm an die Gurgel, traktierte ihn mit Faustschlägen in die Magengrube und kippte den Bauchladen um, den der Mann umhängen hatte. Im Saal ging das

Licht an, Großmutter Anna fing an zu kreischen, um ihn zum Aufhören zu bewegen, Leute kamen angerannt …

»Ein Höllenspektakel«, fuhr Papa fort, »und als Großmutter es zu Hause wagte, ihm zu sagen, der Mann habe doch nur das Wechselgeld gesucht, weißt du, was dein geliebter Großvater da gemacht hat? Er hat ihr ein paar schallende Ohrfeigen verpasst, um sie zum Schweigen zu bringen. Von da an hat Großmutter nie mehr ein Kino betreten«, schloss er mit einer Handbewegung, die bedeutete: Sie hat einen Schnitt gemacht.

In dem Augenblick begriff ich, warum sie noch immer, wenn ein Enkel sagt: »Großmutter, heute Abend gehe ich ins Kino«, eine Reihe von paradoxen Ermahnungen darüber vom Stapel lässt, wie man sich im Saal zu verhalten habe.

Gegen zehn kehrten wir nach Hause zurück, und mein Vater lachte immer noch. »Ich hätte dich mal sehen mögen, Herr Lehrer, wie du dich mit diesem Muskelprotz prügelst!«, spottete er.

Großvater Leonardo legte eine Patience. Auch in Bollate findet man ihn, wenn es am Fenster nichts mehr zu sehen gibt, am Tisch, wo er mit heruntergezogenen Mundwinkeln die Karten umwendet.

Die Haare standen ihm zu Berge wie früher,

wenn ich ihn als Kind zerzauste. Ich legte ihm den Arm um die Schultern, und diesmal lehnte er den Kopf an. Bei Tisch sprachen wir über Ciccillo, über die *canulìcch,* die man wegwerfen musste, über die Familie von Bianca, über Oliven, die früher bei der Ernte mit Stöcken von den Bäumen geschlagen wurden, während jetzt alles von Maschinen gemacht wird, deren Funktionieren Papa uns erläuterte.

Kaffee nach dem Essen nahmen nur mein Vater und ich. Wir tranken ihn aus den Gläsern, die wir mit einem Fingerhoch Wasser ausgespült hatten. Er ging zum Rauchen auf den Küchenbalkon, ich auf den am Wohnzimmer. Vielleicht krümmten sich die bösartigen Risse unter uns noch mehr.

D*trsiv scòup spazzolòun e saponétt!* Putzmittel Besen Schrubber und Seife! Frauen, aufgepasst! Herbei, herbei, hier gibt es alles für den Haushalt.«

Und gleich darauf eine noch heiserere Stimme: »Auberginen *paparùl* und süße Melonen! Melonen zum Probieren!«

Im Schritttempo fuhren ein Lieferwagen, der beladen war wie ein indischer Autobus, und ein Dreiradkarren mit Obst und Gemüse vorbei. Großvater war schon rasiert und angezogen, er schaute hinaus.

»Ich warte nur auf euch«, sagte er, während wir frühstückten. Im Gesicht die Spuren einer schlechten Nacht.

Von diesem Tag, von diesem Morgen an kam Großvater mir nicht mehr vor wie ein starker Krieger, sondern wie ein müder alter Mann, wie alle anderen unfähig, die Zeit herauszufordern. Müde und bedrückt von vielen weiteren Geheimnissen, die er mir nie erzählt hat und vielleicht auch sonst niemandem.

Rasch deckte ich das Bett zu und wischte mit

dem Schwamm über den Tisch. Großvater spülte die Tassen, indem er sie mit den Fingern ausrieb. Die Sonne draußen stach schon, und die weißen Mauern warfen das Licht zurück. In Kürze würde es auf der Straße noch heißer sein als gestern.

Der Sachverständige kam pünktlich. Als ich ihm öffnete, sah ich die Nachbarin, die sich aus dem Fensterchen lehnte. Er war schlaksig, um die vierzig, mit spitzem Kinn. Er drückte uns allen dreien die Hand, mit dem offenen Lächeln eines Immobilienmaklers. Lieber das ganze Leben ohne festen Job als Immobilienmakler werden, dachte ich.

Papa zeigte ihm die Wohnung, zog ihn hinter sich her in jedes Zimmer. Babbo setzte sich wieder und sah hinaus. An dem abwesenden Blick merkte man, dass er nicht einmal zuhörte. Jetzt ähnelte er wirklich seinem Sohn, der vom Fensterbrett aus die niedrigen Häuser gegenüber betrachtet.

Man hörte Papa im Schlafzimmer auf Barlettanisch diskutieren. Diesen Übergang zum Dialekt hielt er für nötig, da allgemein die Überzeugung herrschte, dass der »Fremde« (übliche Bezeichnung für alle, die nicht aus dem Ort stammen, so, wie die Griechen »Barbaren« sagten), wenn es geht, gern hereingelegt wird. Der Barlettaner auch, aber in Maßen. Deshalb fand er das Italienische hier unbequem und gefährlich.

Der Großvater schickte mich hinüber, um zu fragen, ob wir einen Kaffee anbieten dürften. Der Makler nahm sofort an, und ausgerechnet ich musste am letzten Tag noch die Tässchen aus der Vitrine mit Amuchina spülen.

Die beiden kamen wieder zu uns herein, um das kleine Bad zu besichtigen. Eine Sache von Sekunden. Dann kam die Terrasse an die Reihe. Die steile Treppe beeindruckte den Makler sehr, beim Hinaufgehen zog er ängstlich den Kopf ein. Ich hörte das Rauschen der Zisterne silberhell werden. Er hatte sie aufgedeckt, um zu prüfen, ob sie an den Wänden Rost aufwies.

Die Espressokanne gluckerte, und Großvater schloss die Augen und atmete den Duft ein. Seine Lippen zitterten. Ich ging zu ihm, umarmte ihn und küsste ihn auf seine Denkerstirn. Bei meinem Vater hätte ich das nie gekonnt.

Wir setzten uns im Wohnzimmer an den Tisch. Der Makler ließ den Kaffee abkühlen, während er abwechselnd Dialekt und Italienisch sprach. Ins Italienische verfiel er, wenn er meinem Blick begegnete oder wenn im Dialekt die Wörter fehlten: Immobilienbüro, Filiale, notarielle Urkunde, Installation … Aus seinem Aktenköfferchen zog er einen Block mit Firmenaufdruck hervor und begann zu rechnen, indem er sich notierte, was er sagte.

»Strom- und Wasserinstallationen nicht vorhanden. Die Leitungen, die ihr hier habt, entsprechen nicht mehr den gesetzlichen Bestimmungen.« Er zog einen Strich. »Fußböden und Verputz, innen und außen, müssen erneuert werden. Außerdem die Treppe zur Terrasse und das Dach.« Wieder ein Strich. »Badezimmer und Flur sind renovierungsbedürftig.« Endlich trank er seinen Kaffee.

»Jetzt die Vorteile: Meeresnähe, Terrasse mit Aussicht, geräumige Zimmer und Balkone, Wohnküche, kaum zwei Schritte vom Viale entfernt und damit von allen Dienstleistungen und von der Altstadt.«

»Und?«, fragte mein Vater.

»Siebzigtausend Euro. Mehr nicht.«

»Haben Sie nicht gesehen, wie groß die Wohnung ist?«, erwiderte mein Vater auf Italienisch.

»Unserer Beurteilung nach ist sie nicht mehr wert.« Er schrieb den Betrag auf das Blatt, setzte seine Unterschrift darunter und reichte es meinem Vater. Babbo legte seinem Sohn die Hand auf den Arm, als Aufforderung, die Diskussion zu beenden.

Die Verabschiedung war kurz. Papa dankte dem Makler und sagte, er werde im Büro vorbeikommen. Dazu kam es natürlich nie, weil wir die Wohnung am Meer ohne große Überzeugung den *mar-narìd* verkauften: Der Zustand von Verwirrung und Erschöpfung, in den wir geraten waren, half uns dabei, das Geschäft abzuschließen.

Mein Vater ging zu den Nachbarn, die vielleicht aus Naivität, vielleicht aus Frechheit schon bereitstanden, um zum Notar zu fahren.

»Babbo, die warten schon auf uns.«

»Bin schon da!«, rief Großvater, ohne sich umzudrehen.

»Kommst du nicht mit?«

»Nein, ich warte hier. Ich komme dann mit zu Ciccillo«, antwortete ich.

Im Gefolge seines Sohnes schleppte sich Großvater aus dem Haus. Der Notar war in Trani. Bianca hatte einmal zu mir gesagt, sie wolle, bevor sie nach Mailand ziehe, in der Kathedrale dieser Stadt heiraten, gebaut aus Steinquadern, zu denen an stürmischen Tagen die Wellen hinaufspritzen.

Wie gewöhnlich lief ich auf den Balkon, um ihnen nachzusehen. Ich hatte die Gewohnheit der alten apulischen Wachposten angenommen. Auch Großmutter Caterina macht es immer so, wenn jemand aus dem Haus geht, und trotz ihrer schwarzen Schürze gelingt es ihr, ich weiß nicht, wie, sich perfekt hinter dem cremefarbenen Vorhang zu tarnen.

Sie fuhren mit nur einem Auto los. Babbo vorn, Papa und die Nachbarin hinten. Auch sie hatten einen Fiat Punto, dunkelblau, zu diesem Anlass auf Hochglanz poliert.

Auch ich machte mich auf den Weg, in der Absicht, die Kirche der Madonna del Rosario zu besichtigen. Stattdessen landete ich in den Marktgassen zwischen schubsenden Frauen und Einkaufswagen, denen man ausweichen musste, indem man die Füße hob. Alle Händler schreien hier laut durcheinander, manche setzen die Wörter in kunstreiche Verse wie die Dichter. Die Besten verstehen es, grob, schmeichlerisch und sanft zugleich zu sein wie Matrosen. Vor allem aber verstehen sie es, dem Kunden ins Gesicht zu sehen und das Besondere zu erfassen, um ihn direkt anzureden und die Aufmerksamkeit der Umstehenden zu erregen.

Meine gedankenverlorene, zerstreute Miene fiel ihnen sofort auf. Alle sprachen mich auf Italienisch an, was auf dem Markt in Barletta eine genauso fremde Sprache ist wie ein beliebiges skandinavisches Idiom. Von den Käselastwagen und hinter den Obstständen fragten sie mich, woher ich komme, und nannten mich dabei *»ragazzo«* und nicht *»uagliò«*. Ich verstand nicht, ob auch mir meine Mailänder Herkunft ins Gesicht geschrieben stand, oder ob man mir schlicht die Zeichen der Fremdheit ansah.

Ich ließ den letzten Marktstand hinter mir, auf dem sich Miesmuscheln in Netzen türmten, dazwischen hier und da das Gelb der Zitronen. Rasch gelangte ich zur Statue des Heraklius, um die die Kinder tobten. An der Kirche lehnten die üblichen müßigen alten Männer und genossen die frische Luft. Unbeirrt lief ich vorbei, durch andere enge Gassen, bis das Meer in Sicht kam. Vor mir öffnete sich ein ungepflasterter freier Platz mit einem Zeitungskiosk in der Mitte, und dahinter lag die Palmenpromenade, die an den Strand grenzt. Das Meer war voller Sonnenkringel.

Ich kaufte die Zeitung und ging an den Strand. Es waren nur ein paar Gymnasiasten da, die Ferien hatten, bereit, sich ins Wasser zu stürzen zusammen mit den Schulkameradinnen, die mit ihnen hergekommen waren.

Ich krempelte mir die Hosen bis zum Knie auf und zog mein T-Shirt aus. Mit meiner mozzarellableichen, sofort sonnenwarmen Haut wanderte ich weiter. Der Hafen kam näher. Ich schaute, was ich unter der Hose anhatte. Die Boxershorts waren schwarz, ich konnte es wagen. Ich knüllte meine Kleider unter der Zeitung zusammen und lief los.

Im Wasser war niemand. Nur in der Ferne die spritzenden Schüler. Ihr Geschrei verlor sich in der schimmernden Luft, ich nahm es nicht anders wahr als das Kreischen der Möwen nahe der Schwebebahn.

Ich schwamm in dem immer noch flachen und trüben Wasser, legte den Kopf zurück und fuhr mir mit den Händen durchs Haar. Ich weinte grundlos. Eine unbestimmte Zeit lang.

Ich hatte keinen Ort mehr, an den ich zurückkehren konnte. Die Fantasie wurde um einen lichten Raum ärmer, der dazu gut war, sich vom Ansturm der immer gleichen Tage zu erholen. Mailand, nichts als Mailand, als wäre mein Leben die Fortsetzung einer jahrhundertealten Zugehörigkeit. Bleiben, nichts anderes als bleiben. Und doch, die Stadt, vom Meer aus gesehen, die Palmen, die schuppenartigen Fassaden, die dicht gedrängten Buckel der Häuser der Altstadt hatten nichts mit mir zu tun, außer dass ich dort einen Widerhall jener zwei oder drei Schnappschüsse verblasster Erinnerungen wiederfand. Dennoch weinte ich. Dennoch fühlte auch ich mich entwurzelt, fühlte, dass ich es immer gewesen war. Ein in noch kalte Erde gepflanzter Samen, das bin ich. Eine Blume, die nicht erblüht. Ein Mann, der keinen Hausstand gründet. Ein Träumer, der glaubte, nachdem er studiert hat und gereist ist, werde er mehr haben als ein Bauer, der nicht lesen und schreiben kann, ein Junge, der ausgewandert und vorzeitig gealtert ist.

Ich schwamm ins Offene. Die Hände streiften nicht mehr den Meeresboden. Das Wasser wurde kälter und blauer. Ich weinte und konnte mich nicht beruhigen, wusste nicht, wohin.

Als ich mit an der Haut klebender Kleidung und tropfenden Haaren die Straße überquerte, sah ich die blauen Autobusse vorbeikommen, die in die Nachbardörfer fahren. Nahm man den Bus Nr. 2, konnte man in etwa zwanzig Minuten nach San Ferdinando gelangen.

Zu Hause fand ich Papa und Großvater Leonardo beim Salatessen. Sie blickten mich benommen an.

»Was ist? Ich war schwimmen …«, sagte ich. Sie senkten die Köpfe wieder. »Also?«, fragte ich.

»Die Sache ist gelaufen«, sagte Großvater. Diesen Satz sagte er den ganzen Tag lang immer wieder. Bis zur Erschöpfung.

»Wir haben die Kaufvereinbarung unterschrieben. Auf der Rückreise von Potenza fahre ich noch einmal hier vorbei und unterschreibe den Vorvertrag. Falls es dann noch mehr zu tun gibt, und das gibt es bestimmt, wird jemand von den anderen kommen. Ich nicht.«

»Ist die Summe gleich geblieben?«, fragte ich, während ich aus dem Koffer holte, was ich zum Duschen brauchte.

»Sechzigtausend. Dein Großvater hat Mitleid bekommen mit den *marnarìd*.«

»Die Sache ist gelaufen«, wiederholte Großvater mit vollem Mund.

»Beeil dich, in einer Stunde müssen wir gehen«, schloss Papa. »Wenn du willst, es gibt noch Reste. Wir wollen denen doch nicht auch noch den vollen Kühlschrank hinterlassen.«

»Eine Wucht, der Provolone, Nicò.«

»Ich habe nichts Dunkles dabei außer dem T-Shirt«, sagte ich.

»Wichtig ist, dass du ordentlich aussiehst.«

Ich ging ins kleine Bad, um mir das Salz abzuwaschen. Papa holte den schwarzen Anzug heraus, den Mama ihm unten in die Reisetasche gelegt hatte. Großvater zog seinen nussbraunen Anzug an. Ich schob das T-Shirt in die Hose und wischte meine Tennisschuhe mit dem Putzlappen ab. Großvater Leonardo begutachtete mich und nickte. Ich sah ordentlich aus.

Es gelang uns, in der Nähe der Kirche San Filippo zu parken. Der Leichenwagen stand mitten auf dem Kirchplatz, der ganz und gar einem Hinterhof in der Vorstadt glich. Jede Ecke war ausgeleuchtet von einer erbarmungslosen Sonne, die den Schatten wegfraß. Ich erkannte die Leute vom Vortag wieder. In der ersten Bank saß Ciccillos Frau, eingehüllt in ihren Schal. Großvater behauptete, Ciccillo habe nur in das religiöse Begräbnis eingewilligt, um nicht »mit seiner Frau und der Familie zu streiten, wenn man nur noch sterben möchte«. Auch er hatte sich schon damit abgefunden, es mit Großmutter Anna genauso zu machen.

Großvater hörte die Messe in der zweiten Reihe mit Pasquale und Nandìn, der zuletzt kam, bucklig und hinkend. Sie waren die drei Überlebenden vom Kreml.

Von der Messe weiß ich nichts mehr außer einer Folge von Bewegungen, Aufstehen-Hinsetzen, Aufstehen-Hinsetzen. Auch mein Vater machte sie nur träge mit. Während wir »in Frieden gingen«, kamen die Totengräber den Sarg holen und verfrachteten ihn mühelos in den Leichenwagen. Auf dem Friedhof waren wir noch ungefähr zwanzig. Die drei Genossen fanden zusammen mit einem Sohn die Kraft, sich den Sarg einige Meter weit auf die Schulter zu laden.

Im Nu verschwand der Sarg in der Grabnische, während sehr wenige hinter ihren Sonnenbrillen weitermurmelten. Ein Mann mit Maurerkelle und Eimer zog ein paar Ziegel hoch, die die Sicht versperrten. Rasch bewegte er die Hände, präzis und konzentriert, um nicht das Geflenne zu hören, das ihn offensichtlich störte. Als er fertig war, nahm er einen Besen und kehrte in einer Ecke alle Blumen zusammen, die die Leute für Ciccillo mitgebracht hatten.

Die drei Genossen verabschiedeten sich zum letzten Mal mit langsamen Gesten. Pasquale und Nandìn gingen in die entgegengesetzte Richtung wie wir. Großvater würde sie nie wiedersehen.

Sobald das Auto anfuhr, sagte Großvater Leonardo: »Mach zu, jetzt packen wir unsere Koffer und reisen ab, bevor wieder etwas passiert.«

Er war völlig erschöpft. Papa auch.

»Erst ruhen wir uns aus. Zu Hause schauen wir auf dem Fahrplan nach den Zügen morgen Vormittag.«

»Ich muss früh losfahren, damit ich vorankomme.« Auch mit dem Zug musste man vorankommen.

Hinter der Tür fanden wir einen Korb mit Tomaten und einen ganzen Provolone. Auch ein nicht verschlossener Briefumschlag steckte darin. Papa öffnete ihn:

Danke für Eure Menschlichkeit
Familie Marino

Die Fensterläden hatten vor der Hitze geschützt. Die Zisterne rauschte noch. Großvater zog die Anzugjacke aus und warf sie auf einen Stuhl. Ich ging eine Karaffe süße Limonade zubereiten. Ich legte den Kopf auf den Tisch und betrachtete den im Wasser größer aussehenden Löffel und die Zuckerkörnchen, die herumwirbelten, ohne sich aufzulösen. Wir tranken alle drei davon.

»Jetzt ist es wirklich Zeit, nach Hause zu fahren«, sagte Großvater unvermittelt, die Hände auf die Knie gestützt. »Jetzt ist es wirklich Zeit …«, wiederholte er im Flur, nicht mehr Riese, nicht mehr Krieger.

Dann kam aus dem Schlafzimmer nebenan das Geräusch von herausgerissenen Schubladen, krachenden Schranktüren und Großvaters keuchendem Atem. Papa schloss die Augen, um nicht hinzuhören. Ich schaute noch eine Weile wie betäubt in die Karaffe, dann entschloss ich mich hinüberzugehen und nachzusehen. Es war stickig und dunkel wie bei Ciccillo. Großvater Leonardo warf Sachen in den Koffer, zusammengeknüllt schleuderte er sie hinein.

»Großmutter bringt das dann in Ordnung«, sagte er, ohne mich anzusehen. Sein Gesicht glühte, Schweißtropfen rannen ihm über die Stirn wie Tränen. Ich nahm all meinen Mut zusammen, denn ein letztes Mal kam er mir groß und schrecklich vor, noch fähig, seine Wut in einem Hagel von Faustschlägen zu entladen.

»Opa, es reicht! Beruhige dich!« Ich hielt seine bebenden Arme fest, spürte die Nervenstränge, die noch harten Muskeln. »Schluss jetzt! Beruhige dich!«, sagte ich noch einmal.

Der Widerstand dauerte nur kurz. Bald ließ er sich an den Händen nehmen und wie in einem Tanz zu dem Stuhl neben dem Bett führen, wo er zusammensank. Zum ersten Mal in all der Zeit, die ich ihn nun schon umarmte, legte er seinen Kopf an meine Schulter. Und da fühlte ich mich als Mann, egal, was meine Mutter und mein Vater dachten. Als Mann mit knochigen Schultern, die aber dennoch Trost spenden konnten.

»Jetzt gibt es nichts und niemanden mehr. Wir haben alles verloren«, schluchzte er. Sein Atem spielte verrückt. »Ein Fremder im eigenen Haus, Nicò!«

»Beruhige dich, Opa.«

»Jetzt können wir wirklich nicht mehr zurück.«

»Das geht allen so«, sagte ich ohne Überzeugung.

»Ach, hau doch ab mit diesem Geschwätz! Nur den Trotteln geht es so! Solchen Eseln wie uns!« Er putzte sich die Nase. »In Kürze, wenn ich krepiere, wird mein letzter Gedanke sein, dass ich wie ein Trottel gelebt habe. Ich werde krepieren, ohne etwas zu hinterlassen, ihr werdet nichts mehr begreifen können!«

Er ging wieder ins Wohnzimmer und stieß die Fensterläden auf, die gegen die Balkonmauern prallten. Vom Schlafzimmer aus hörte ich, dass er sich gesetzt hatte und die Karaffe auf dem Tisch hin und her schob. Dann plötzlich wehte Kaffeeduft herüber.

»Er ist fertig«, sagte Papa, um sich bemerkbar zu machen.

Er goss den Kaffee in die Tässchen aus der Vitrine und sah uns an wie zwei Kinder, die Tadel verdienen.

»Morgen gibt es um zehn nach sieben einen Zug nach Mailand.«

»Ich fahre heute Abend«, gab sein Vater zurück.

»Du fährst morgen früh, weil es unverantwortlich ist, in deinem Alter nachts zu reisen.«

»Unverantwortlich wart ihr, als ihr alles unter den Händen habt verkommen lassen!«

Papa antwortete nicht, er schüttelte nur den Kopf.

»Da ich nun schon hier bin, würde ich gern noch ein paar Tage nach San Ferdinando gehen«, sagte ich. Papa sah mich matt an. »Ich weiß ja auch nicht, wann ich wieder herkomme. Ich habe Großmutter seit vier Jahren nicht gesehen, und letztes Mal habe ich ihr nicht einmal Guten Tag gesagt.«

»Es wäre besser, du würdest nach Hause fahren und dir einen Job für den Sommer suchen«, erwiderte er, ohne mich anzusehen.

»Nein, nein, es ist gut, dass du deine Großmutter besuchst«, mischte sich Babbo ein.

»Macht doch, was ihr wollt.«

Papa sammelte die Tassen ein und ließ sie ins Spülbecken fallen. Er schob den Tisch zur Küche, zog das Bett heraus und warf sich darauf.

Wir ruhten alle drei ein paar Stunden und ließen Papas Handy unter dem Kopfkissen klingeln. Es war ein Schlaf der Erleichterung, der eine Zeit lang die Bilder von brütender Hitze und Friedhof zerstreute. Wir sind alle drei sicher, dass wir nicht mehr zurückkommen, dachte ich.

Als wir aufwachten, war der Himmel rot. Dieser letzte Abend war erfüllt von einem Gefühl der Niederlage: Babbo trommelte ununterbrochen mit den Fingern auf den Tisch, und Papa schloss die Augen, wenn er redete.

Auch um zu klären, wo wir zu Abend essen sollten, musste man lange diskutieren. Großvater Leonardo zog noch einmal die Idee heraus, nachts abzufahren wie ein Dieb, und beharrte darauf, dass er nichts essen wolle, weil es undankbar sei, an sich selbst zu denken an dem Tag, an dem ein Freund stirbt. Meinem Vater war es recht, sich mit dem soundsovielten Brötchen zu begnügen. Ich wollte am liebsten noch einmal zu Ninetto, um die Tage unseres Zusammenlebens in der Wohnung am Meer würdig abzuschließen. Ich versuchte, Großvater zu erklären, dass die Achtung vor den Toten etwas anderes ist als Fasten, und nachdem er mich mit gerunzelter Stirn angehört hatte, sagte er: »Was du alles gelernt hast in deiner langen Schulzeit ...«

Schließlich setzte ich mich durch. Papa willigte mit heruntergezogenen Mundwinkeln ein, war er doch jetzt sicher, dass er uns am nächsten Tag nicht mehr am Hals haben würde.

Im Gänsemarsch gingen wir noch einmal die Straßen mit den Laternen entlang und davor die Allee mit ihrem neuen Leben. Vorbei an den alten Frauen und dem Rücken der Kirche und den Müttern mit Kindern und den Kindern mit Eistüten. Es war, als wären die Dinge und die Menschen herausgekommen, um sich von uns zu verabschieden.

Großvater ging schlurfend vorneweg. Ninetto erschien sofort und war nicht überrascht. Wir brauchten nichts mehr zu suchen.

Wir setzten uns an den erstbesten freien Tisch, neben einem Paar mittleren Alters, das kein Wort miteinander redete. Ein anderer Kellner bediente uns, nicht lebhaft, nicht jung. Großvater bestellte für alle das gleiche Gericht und ließ sich gar nicht erst die Karte bringen.

In den Schweigepausen dachte ich an Großmutter Caterina und Großmutter Anna, die beide rund waren. Aber Großmutter Caterina wog nicht über zwei Zentner wie Großmutter Anna, und sie war auch nicht so mitteilsam und theatralisch, sondern schüchtern und unfähig, den Blick der anderen zu ertragen. Immer bereit, ihn auf die Nadeln und die Wollfäden zu senken, die sich in ihren Händen wie von selbst verknüpften. Großmutter Caterina hatte keines ihrer Kinder in der Nähe, zwei wohnten in Mailand und eine Tochter ein paar Kilometer von San Ferdinando entfernt. Und daher auch keine Enkel. Großmutter Anna dagegen wusste nicht, was Einsamkeit heißt, auch wenn sie klagte, darunter würde sie seit jeher leiden. Großmutter Caterina saß den ganzen Tag da, grübelte und dachte über wer weiß was nach, während sie auf ihre Häkelnadeln starrte. Wahrscheinlich suchte sie in Gedanken nach Antworten auf die Provokationen der anderen. Das war für sie das Schlimmste am Menschen, die Lust zu betrügen und die Unwissenden hinters Licht zu führen.

Eines Vormittags – ich mag zehn Jahre alt gewesen sein – sah ich, wie sie mit dem Priester stritt, der stehen geblieben war, um mit den Frauen aus der Straße zu schwatzen. Sie und ich waren auf dem Bürgersteig vor dem Haus beim Wäscheaufhängen. Bei jedem Stück reichte ich ihr eine Wäscheklammer. Der Pfarrer kam sofort auf die Ernte zu sprechen. Dass die Pfirsichernte schlecht gewesen sei, sagte er, sei des Teufels Schuld, während die Ernte vom letzten Jahr, Gott sei Dank, für alle gut gelaufen war. Großmutter Caterina wandte vor den Nachbarinnen ein, wenn etwas schlecht laufe, sei immer der Teufel schuld, und wenn es gut gehe, sei es ein Verdienst Gottes.

»Das ist zu bequem! Erklären Sie bitte mal genau, warum!«

Bei diesem eines Voltaire würdigen Einwand geriet der Pfarrer ins Stottern, Großmutter sah ihn an und wiegte den Kopf. Dann wandte sie ihm den Rücken zu, hängte weiter Wäsche auf und trällerte: »*Com'è com'è / che questo bellimbusto / è capitato proprio a me? / Com'è?* Wie kommt's, wie kommt's / wieso kommt dieser Geck hier / ausgerechnet zu mir? / Wie kommt's?«

Der Pfarrer blieb stocksteif mitten auf der Straße stehen. Das Publikum teilte sich, zwei Frauen hielten zu ihm und eine zur Großmutter, eine gewisse Marietta.

»Den Teufel gibt es nicht!«, warf Marietta ein.

»Und ob es ihn gibt!«, erwiderten die anderen beiden.

Als der Pfarrer mit raschen Schritten davonging und sie aufforderte, in die Kirche zu kommen, wo er allen die Ontologie des Teufels erklären werde, sang Großmutter immer noch mit lauter Stimme ihr Spottliedchen.

Grossvater Leonardo ging nicht mehr hinein, um Ninetto Auf Wiedersehen zu sagen, verabschieden tut man sich nur einmal. Wir legten das Geld dem Kellner hin und machten uns auf den Heimweg.

»Also gehst du dann noch mal zum Notar?«, fragte Großvater.

»Wer soll denn sonst hingehen, Babbo.«

»Wenn man später noch mal hinmuss, wird Lilia das übernehmen, sie hat es mir versprochen.«

»Hoffentlich.«

Jemand ließ an einem Geschäft den Rollladen herunter, Fernsehstimmen drangen aus den Häusern auf die Straße.

Die Koffer waren schnell gepackt, und trotz all seines Leidens am Leben und seines keuchenden Atems zog Babbo die zusammengeknüllten Kleider wieder heraus und faltete sie, wie es sich gehört. Auf den Stuhl neben dem Bett legte er ein Unterhemd und ein Hemd für die Reise. Während ich die Tassen spülte, packte Papa auch meine Tasche.

Als wir alles erledigt hatten, blieb jeder allein in seinem Zimmer, hungrig nach Stille und Einsamkeit, die wir uns gegenseitig weggenommen hatten. Gegenseitig. Papa rauchte im Wohnzimmer, ich in der Küche, beide mit Blick auf denselben Balkon gegenüber. Großvater Leonardo steckte den Kopf durch die Flurtür, um uns Gute Nacht zu wünschen. Mir war, als hätte ich wochenlang nicht geschlafen.

Der Tag der Abreise war gekommen. Zum letzten Mal betraten wir das kleine Bad, um uns unter der kalten Dusche zu waschen. Immer langsamer tropfte das Wasser aus den drei rostigen Löchern. Während Papa sich rasierte, stapelte Großvater das Gepäck, spülte die Tässchen und stellte sie auf das Abtropfbrett, wo wir sie vergaßen. Ich wischte noch einmal den Fußboden. Immer noch blieb der Lappen kleben, wirbelte Staub auf und trübte das Wasser im Eimer.

»Los, mach die Fensterläden zu«, befahl mir Großvater Leonardo.

Der blaue Tag war plötzlich ausgesperrt aus der Wohnung, die nicht mehr unsere war. Großvater zurrte die Schnur fest, die die zwei Griffe zusammenhielt. Die dünnen Scheiben zitterten wieder. Alles hielt gerade noch, ohne zu zerbrechen. Auch die Bildchen von Tom und Jerry klebten noch an den Kacheln, halb abgelöst und ausgeblichen. Man weiß nie, wie viel Leben den Dingen noch bleibt, dachte ich, man weiß einfach nie etwas.

»Ich stelle das Gas ab«, sagte Papa.

Großvater Leonardo zog mit einer Hand die Türe zu, mit der anderen drehte er den Schlüssel um.

»Ist die Terrasse abgeschlossen?«

»Ja, ich habe es kontrolliert. Keine einzige Taube!«, antwortete der Sohn.

»Das Netz bringt's.«

Großvater klingelte bei den *marnarìd*, und Papa sah ihn fragend an.

»Sie hat gesagt, dass ich klingeln soll.«

Die Signora kam heraus, die roten Haare noch leicht zerzaust.

»Ciao Teresa, lasst es euch gut gehen. Grüßt die Kinder.«

Sie ging auf Großvater zu, um ihn auf die Wangen zu küssen. Uns bedachte sie mit einem eher kühlen Blick.

»Wir sehen uns ja in ein paar Tagen wieder«, sagte mein Vater, um sie auf Abstand zu halten.

Auch ihr Mann erschien, schon rasiert und bereit zum Weggehen.

»Danke für eure Menschlichkeit, auch vonseiten

der Kinder«, sagte er, auf die Schulter seiner Frau gestützt.

Wir lächelten kaum, und er näherte sich trotzdem, um uns zu küssen.

»Wir sehen uns zum Vorvertrag und telefonieren noch«, sagte mein Vater, als der andere ihn umarmte.

»Gute Reise«, antwortete er.

Ich griff nach Großvaters Koffer und lief hinunter zur Haustür. Draußen drehten wir uns um, betrachteten uns nebeneinander im Spiegel. Ich hatte einen Stoppelbart.

Der Himmel leuchtete. Die Luft war frisch, ich bekam eine Gänsehaut an den Armen. Auf der Straße fuhr ein Traktor vorbei, am Steuer saß ein Mann in Unterhose, der schon rauchte.

»Schade, dass wir uns nicht von Filomena verabschieden können«, sagte Großvater Leonardo mit Blick auf den Rollladen am Geschäft von *'mbà* Vcìnz.

»Ja, schade«, erwiderte ich.

Durchs Autofenster kam salziger Wind herein.

»Verdammter Mist!«, sagte Großvater, indem er hinausschaute und die Hände zu Fäusten ballte, die nichts Bedrohliches mehr hatten. »Kaum machst du einen Fehler, verlierst du. Leben ist schlimmer als Kartenspielen.«

Links war das Meer zum Vorschein gekommen, spiegelglatt.

Der Brunnen auf dem Bahnhofsplatz machte ein Geräusch wie vom Wind aufgewirbelte Blätter.

»Ist noch ein Kaffee drin?«, fragte ich.

Sie zogen die Mundwinkel herunter, aber überzeugter als sonst. Die Bar ging direkt auf den Bahnsteig hinaus, wo schon das Schild »Milano Centrale« hing.

»Dann kommt der Onkel dich abholen?«, fragte mein Vater.

»Ja. Du gib acht auf den Verkehr und ruf an, wenn du in Potenza bist und wenn du wieder hierher zurückkommst.«

Papa nickte.

»Und erinnere dich, Ciccillo ein paar Blumen zu bringen, du hast es mir versprochen.«

Wieder nickte er.

Dann half er Großvater beim Einsteigen und verstaute sein Gepäck in der Ablage über seinem Platz. Das Abteil war leer.

Durchs Fenster reichte ich Großvater einen Briefumschlag. Ich hatte das Kremlfoto hineingesteckt.

Ich kann doch nicht lesen«, sagte Großvater im Dialekt.

»Ich weiß.«

»Weißt du«, sagte er, indem er sich aus dem Fenster beugte, »wenn Ciccillo und ich uns trennen mussten, sagten wir beim Abschied immer: ›He, diesmal schreiben wir uns aber, abgemacht?‹, und der andere antwortete: ›Ja klar!‹« Er lachte beinahe.

»Konnte Ciccillo auch nicht lesen?«

»Noch weniger als ich, falls das geht.« Er hob die Hand.

»Bitte schau ab und zu aufs Handy, vergiss es nicht. Die grüne Taste ist zum Abheben, die rote zum Auflegen.«

Er nickte. Dann verschwand der Zug im Nu hinter der Kurve der Gleise.

»Die Busse nach San Ferdinando halten am Brunnen. Sie müssen Nummer 2 nehmen«, sagte mir der Zeitungshändler am Bahnhof.

»Soll ich mit dir warten?«

»Nein, fahr nur, er kommt ja gleich.«

»Bleib nicht zu lange. Mama und Laura sind allein.«

»Mama freut sich, dass ich Großmutter besuche.«

»Deine Mutter versteht das nicht. Du vergeudest den Sommer.«

»Fang bitte nicht wieder an.«

»Such dir eine Arbeit, bevor die Schule wieder anfängt.«

»Gute Reise, Papa. Wir sehen uns zu Hause.« Beinahe hätte ich ihn aus Versehen Riccardo genannt.

Als der amarantrote Punto in Richtung Palmenallee verschwunden war, ging ich zum Bus. Der Fahrer grüßte mich. Zu allen, die ein- oder ausstiegen, sagte er: *»Bóngiórno.«* Manchmal bat ihn ein Passagier, an einer nicht vorgesehenen Stelle zu halten. Der Bus fuhr durch Margherita di Savoia, vorbei an Bergen von Salz und großen Becken mit stehendem Wasser, und dann durch Trinitapoli.

Olivenbäume, nichts als lange Reihen ausladender Olivenbäume bis an den Rand der Straße, die quer über Land führt. Sie zogen nicht rasch vorbei und wurden verschluckt. Sie blieben, unverrückbar streckten sie ihre grünen Fächer in die Sonne. Heimweh stellte sich nicht ein, obwohl unsere

Tage voll gewesen waren von hängenden Mundwinkeln und häufigem unverständlichem Schweigen. Heimweh stellte sich nicht ein. Und die Olivenbäume zogen langsam vorbei. Vielleicht war zu wenig Zeit vergangen, um es zu spüren, vielleicht hatte die Reise mit den beiden nicht nur dazu gedient, den Sand aus den Taschen auszuleeren, sondern auch dazu, endlich die Gemeinsamkeiten mit Händen zu greifen, die wir uns nie eingestanden hatten. Stets bereit, die Unterschiede zu betonen, uns hinter Schweigen zu verbarrikadieren. Draußen immer noch Olivenbäume. Aber Heimweh spürte ich nicht. Dagegen spürte ich den Schrecken bei der Vorstellung, noch mehr Abende allein zu verbringen, abwesend, zu Hause eingeschlossen in Zeitschriften zu blättern und keine Worte zu finden, die ich den Freunden sagen konnte, keine Worte, die ich zu Papier bringen konnte. Die Zeit verstreichen zu sehen wie mein Vater in seiner falschen Unbeweglichkeit der Abende am Fensterbrett. Und immer noch Olivenbäume. Schnell flogen weiter hinten die Rebenreihen der Weinfelder vorüber, es sah aus wie lange Korridore, von denen man nicht weiß, wohin sie führen. Aber Heimweh spürte ich nicht, vielleicht war ja gerade das hier der Ort meiner Sehnsucht, das Meer, wo ich nicht wusste, welche Richtung ich einschlagen sollte, das

Gassengewirr hinter den Promenaden, eingefügt in eine Zeit, die jede schon gewesene Zeit sein konnte. Nicht einmal jetzt kann ich die Olivenbäume vergessen, die langsam vorbeizogen.

Ich war durch diese Straßen gegangen, ohne stehen zu bleiben. Ich hatte keine Winkel in der Altstadt, die ich wiederbeleben wollte, keine Freunde, denen ich das letzte Geleit geben musste. Mir zeigten diese Straßen nicht die nackte Seele ihrer Vergangenheit, sie waren nur der Schauplatz einer vergesslichen Kindheit. Dieselben Dinge, die mir ein Gesicht, eine Stimmung offenbarten, offenbarten Babbo eine Seele. Und diese Seele erreichte auch meinen Vater, er fühlte noch eine Erinnerung, eine Zuneigung, wenn auch nur so wie für eine verflossene Verlobte, mit der man sich nicht verstanden hatte.

In einer halben Stunde kam ich nach San Ferdinando. Ich überquerte den Platz. Auch hier lungerten alte Männer und Nichtstuer vor der Bar und auf den Bänken unter den Linden herum.

Via Venezia ist eine lange Straße, die auf die Staatsstraße Nr. 16 folgt. Dreiradkarren fuhren vorbei, Fuhrwerke, ländliche Lieferwagen, aber nichts erinnerte an die Straßen rund um die Wohnung am Meer. Die quadratischen Blöcke der Straßen von

San Ferdinando haben etwas Antikes. Wie Zeichen eines ewigen Verlassenseins.

Großmutter Caterina wohnt neben einem Laden, der Taralli verkauft, die typischen kleinen Teigkringel, und den man erst kurz nach der Via Roma sieht. Wenn sie mich als Kind losschickte, um eine Besorgung zu machen, sagte sie immer: »Wenn du dich verläufst, dann frag nach dem Laden von Peppino, dem mit den Taralli.«

Das Haus lag im Schatten. Die Sonne schien auf die Tür von Marietta, die gegenüber wohnte und Großmutter bei ihrem theologischen Disput unterstützt hatte.

Ich blieb hinter dem cremefarbenen Vorhang stehen und beobachtete Großmutter Caterina beim Häkeln. Sie sang halblaut ein Kirchenlied. Man sah die aufgeräumte Küche, die groß karierten Lappen, die den Herd bedeckten. Neben sich hatte sie das übliche Gläschen mit gelbem Likör, Marke Schumm. Damit kurierte Großmutter Caterina von jeher alle ihre Wehwehchen, Bauchschmerzen, Schnupfen, Fieber. Ein Gläschen Schumm auf nüchternen Magen, immer, für immer.

Sie sang, ohne mich zu bemerken, dabei hätte ich ja auch ein Dieb sein können, einer mit bösen Absichten. Ich biss mir auf die Lippen, während ich mir die zahllose Reihe von Tagen vorstellte, die sie in dieser Einsamkeit verbrachte, sich selbst überlassen in der größeren Einsamkeit ihres Bauerndorfs.

Ein Mann blieb stehen und musterte mich.

»Großmutter! Großmutter Caterina!«, rief ich und hob ruckartig den Vorhang.

Sie riss das gute Auge auf und kniff das andere, das nicht mehr funktionierte, zusammen.

»O Gott!«, fing sie an. »O Gott!«

Sie warf die Nadeln in die am Stuhl hängende Tüte. Auf schwankenden Beinen kam sie mir entgegen. Sie war immer noch größer als ich.

»O Gott, mein Gott!«, rief sie wieder. Wir umarmten uns lange. Sie weinte. Sie nahm mich an den Schultern, um mich genauer zu betrachten. Ihre schmalen Lippen endeten in dem zahnlosen Mund.

»Du Halunke! Ohne jede Vorwarnung! Da zerspringt mir ja das Herz!«

»Du hast doch den Schumm«, sagte ich lachend.

Sie setzte sich wieder. Ich setzte mich ihr gegenüber auf einen anderen Stuhl.

»Und? Ist es wirklich wahr, dass du jetzt Lehrer bist?«, fragte sie, während sie in der Tüte nach den Nadeln kramte.

»Ja, aber arbeitslos.«

»Das wird schon.«

Sie begann wieder zu häkeln.

»Wie lange bleibst du hier?«

»Nur kurz, Großmutter.«

Sie ließ den Kopf auf die Handarbeit sinken.

»Aber wenn du willst, nehme ich dich mit nach Mailand. Mama wäre überglücklich, das weißt du ja.«

»Nein, mein Junge, mir gefällt es so gut hier bei mir zu Haus!«, sagte sie und hob ihr Gesicht, das vor Zufriedenheit strahlte.

Bitte beachten Sie
auch die folgende Seite

Marco Balzano im Diogenes Verlag

Marco Balzano, geboren 1978 in Mailand, ist zurzeit einer der erfolgreichsten italienischen Autoren. Er schreibt, seit er denken kann: Gedichte und Essays, Erzählungen und Romane. Neben dem Schreiben arbeitet er als Lehrer für Literatur an einem Mailänder Gymnasium. Mit seinem Roman *Das Leben wartet nicht* gewann er den Premio Campiello, mit *Ich bleibe hier* war er nominiert für den Premio Strega, das Buch war auch im deutschsprachigen Raum ein Bestseller. Er lebt mit seiner Familie in Mailand.

»Balzano erzählt von einfachen Menschen und verschwundenen Welten, vom Leuchten der Poesie inmitten größter Verzweiflung. Glasklar und schlicht, mitten ins Herz.«
Dagmar Kaindl / Buchkultur, Wien

Damals, am Meer

Roman. Aus dem Italienischen
von Maja Pflug
Auch als eHörbuch,
gelesen von Stefan Kaminsky

Das Leben wartet nicht

Roman. Deutsch von Maja Pflug

Ich bleibe hier

Roman. Deutsch von Maja Pflug
Auch als eHörbuch,
gelesen von Dominique Lüdi

Wenn ich wiederkomme

Roman. Deutsch von Peter Klöss
Auch als Hörbuch,
gelesen von Anna Schudt